QUAND NOS SOUVENIRS VIENDRONT DANSER

当回忆来跳舞

［法］维·格里马尔蒂◎著

孙雪芬◎译

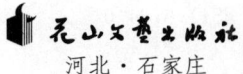

河北·石家庄

图书在版编目（CIP）数据

当回忆来跳舞 /（法）维·格里马尔蒂著；孙雪芬译. -- 石家庄：花山文艺出版社，2024.1
ISBN 978-7-5511-6784-0

Ⅰ.①当… Ⅱ.①维… ②孙… Ⅲ.①长篇小说—法国—现代 Ⅳ.①I565.45

中国国家版本馆CIP数据核字(2023)第095743号

QUAND NOS SOUVENIRS VIENDRONT DANSER by
Virginie Grimaldi ©Librairie Arthème Fayard,2019
CURRENT TRANSLATION RIGHTS ARRANGED THROUGH DIVAS INTERNATIONAL,PARIS
巴黎迪法国际版权代理
冀图登字：03-2023-133

书　　名	当回忆来跳舞 Dang Huiyi Lai Tiaowu
著　　者	[法]维·格里马尔蒂
译　　者	孙雪芬
责任编辑	于怀新　王　磊
责任校对	李　伟
装帧设计	陈　淼
美术编辑	胡彤亮
出版发行	花山文艺出版社（邮政编码：050061） （河北省石家庄市友谊北大街330号）
销售热线	0311-88643299/96/17
印　　刷	保定市正大印刷有限公司
经　　销	新华书店
开　　本	880mm×1230mm 1/32
印　　张	8.375
字　　数	182千字
版　　次	2024年1月第1版 2024年1月第1次印刷
书　　号	ISBN 978-7-5511-6784-0
定　　价	58.00元

（版权所有　翻印必究·印装有误　负责调换）

译 者 序

2022年3月，我很偶然地在公共图书馆借到《当回忆来跳舞》这本书。

城镇新规划，老旧街区拆迁，年过八旬的弱势群体，故事的切入点吸引了我。

在法国南部的一个小镇，有一条古里巷，住着六户人家。老马、老顾、马琳、安东、乔菲，还有罗丽，从二十多岁时搬进来，在这儿一住就是六十多年。然而政府宣布要新建一所学校，需要拆掉古里巷建成停车场。这几位老人，不愿意看到自己住了一辈子的房子被拆除，因为对他们来说，那不止是几栋房子，更是他们一生的回忆。于是他们决定合力与政府抗争，旨在保住古里巷。

全书语言朴实亲切，不失幽默。马琳等几位老者个性鲜明，他们与政府抗争的破釜沉舟，每次行动的认真甚至是幼稚，还有古里巷从1950年代中期到故事结束时的2010年代后期所发生的一切，轻盈的格调中透露着对人性的观察和对人生的思考。

所有这些，吸引着我几乎一口气看完全书。这些老人之间，以及他们与儿女、孙辈的关系，亲情、友情、矛盾、隔阂，无不令人思考，给人启发。

作者Virginie Grimaldi，1977年出生，是近年来法国文坛的新秀。2015年开始陆续出版了七本小说，包括《我余生的第一天》《你长大了就会懂》《幸福的滋味在雨中更美妙》等。《当回忆来跳舞》是她出版的第五本书，也是她关注时光、衰老和死亡等深刻主题的直接例证。

读着这本书，我想到在中国的母亲和在加拿大的公婆，他们都处于这个年龄段。这本书让我从另一个角度理解了他们。于是，我有了一个强烈的愿望：与我的母亲分享这个故事，希望作者朴实无华的语言和书中人物简短诙谐的对话能让年过八旬的她产生共鸣，并重拾阅读的乐趣。

在亲友的鼓励下，我开始翻译这部小说，并对书中的一些词句做了注释。翻译的过程，虽辛苦却也愉快。

希望大家在阅读时，能不为语言外壳所限，感知到小说实质的内核和主旨。愿大家阅读愉快。

致:
我的外公外婆和我的安东

"我不老,我是上了年纪。"

——夏尔·阿兹纳弗[①]

[①] 夏尔·阿兹纳弗(Charles Aznavour,1924—2018),亚美尼亚裔法国艺术家,不仅在法国是最受欢迎、最热门的歌手,而且在世界上也是最知名的歌手之一。他同时也是词曲作家、电影演员和社会活动家。

楔　子

　　我本来不打算把我的生活写出来。

　　我的事与别人无关，别人的事也与我无关。除非必要，我一般不会和别人谈我自己。就算在理发店，我的嘴也是闭得紧紧的。

　　我父亲常常讲：老话说得没错，各自都在家待好了，羊群也就安全了。我父亲自己的看法常常有问题，但引用前人的话总是恰到好处。

　　我这一辈子，到目前为止，如果不想用"枯燥平淡"来形容的话，那么可以说成是很传统。我没有要抱怨的意思，正相反，虽然鱼缸里水草的日子都比我的更刺激，但我觉得还是很受用很满足了。这么说吧，去年值得我记住的大事，有我把在超市取用购物车的硬币弄丢了，还有我家黄色房间里的蜘蛛死了（自然死亡）。现在您也看到了，我的确没什么可以写自传的素材。

　　我今天却开始写了，因为我别无选择。

　　都是我的外孙小葛的主意。当时他的样子，您真应该看看！

我们所有人都在"总部"开碰头会，大家面对危机，各抒己见。突然，小葛激动得一哆嗦，接着从座位上一跃而起，他的大个头儿根本不影响他的敏捷，动作那叫一个快，我们都听到他的关节嘎吱响了一声！他站起来，十分肯定地说："我们当中得有人把故事写出来！那样我们的诉求就有了灵魂，公众舆论就会倒向我们。"让我没想到的是，我竟也觉得他这主意不错。我外孙的目光停留在我身上，仿佛在说："就你了，外婆，你来写！"

我的第一反应自然是想反驳："你想都别想！"可是，这孩子除了长了和他爸爸一模一样的耳朵之外，更恼火的是还遗传了他妈妈的洞察力。

我仍然认为没必要把我的生活写出来，但事到如今，我也别无选择了。我写的过程中，会间或插入一些我的日记内容。一直以来，我都有记日记的习惯。

我叫马琳，出生于1935年2月4日。

事情是这样的……

第 一 章

星期一上午,电视里播着《魔读猜字》。我正在做大葱汤,听见有人敲门。不用说,一定是邮递员,因为就她知道我们嫌上门推销的太烦人,把门铃设成静音了。我在围裙上擦了擦手,去打开门,却看到老顾红着一张脸对我微笑。

"有什么事?"

"马琳,还是这么和气!"

"一直努力着呢!"

"光由着我自己的话,我完全可以不来您家。但是,出大事儿了,大家都逃不过。"

要不是那该死的好奇心,我会直接让他吃个闭门羹。

"说吧。"

这位邻居脸上俨然是宣告"世界末日"的表情,他凑近我的耳朵,好像生怕被乌鸦听了去。

但他的表情没有错,我们的"世界末日"确实临近了。

老顾走后,我接着把汤做完,但心思已经不在厨房了。

古里巷是一条死胡同，除了巷子里的住户，没其他人会经过。这里一共六栋房，正面都是一扇门两扇窗，看起来淡雅，却透着坚韧。房子里住着鲜活的生命。

老顾住在2号。

罗丽住在3号。

乔菲住在4号。

老马住在5号。

6号空着。

安东和我住在1号。

我们在古里巷住了六十三年。

安东低头做着他的字谜游戏。

最近几天，他的右手觉得有点儿僵硬。他打趣地说，总算是轮到左手发挥点儿作用了，一辈子都活在"对手"的光环下。

每次他试图轻松面对这些变化，我都尽量微笑配合。但是今天我没能笑出来。丈夫看出来我有心事。

"老顾让你不高兴了？"

"你知道，老顾就是照镜子也会让镜子不爽的。"

"他想干吗？这么多年没进过咱家门儿了，今天来肯定有原因。"

我犹豫着要不要告诉他，怕这个消息影响他的病情。但是安东看我的眼神不容我有所保留。我把汤碗端到他面前，故作轻松地说：

第 一 章

"古里巷要拆了。"

1955

我二十岁。安东拎着两个箱子,里面装着我们全部的生活。他想赶紧走到目的地,我却非常紧张。

今天之前我们一直和他母亲同住。我婆婆坚定地认为我们在家不需要有任何私密空间。每天早上,任娜都来我们房间敲门,提醒我该去厨房了。我就在她的建议和指导下,为她的儿子做早餐,然后再准备午餐让他带到办公室。我丈夫每天晚上回到家,我都比前一天更会缝衣、做饭和洗碗。

我姐姐露丝对我接受与婆婆同住很是惊讶。我一直没好意思向她承认,其实二代同堂让我有安全感。和安东单独生活的想法,让我害怕。

我们已经走了十多分钟,安东的额头开始渗出汗珠。

"上次我来的时候,没觉得公交车站这么远啊。"他叹了口气说道。

"箱子给我拿一个吧?"

"真的不用,亲爱的。"

我从来没去看过我们这就要搬进去生活的房子。安东当时没时间多考虑,因为房地产是卖家市场,客户比房子多。他看完房立刻就签了合同，当晚回家在饭桌上就宣布了这个重磅消息。他母亲详细询问了厨房的面积。

安东画了个草图，让我可以想象我们未来的家。起居室朝着园子，他准备在那儿搭个露台，我再摆上一张桌子，天气好的时候就坐外面。卧室都在楼上，最大的那间则对着一片绿地。

现在，这片绿地就在我眼前。草坪青青，雏菊遍地。中间，是三棵巨大的云杉松，枝叶随风懒懒地摇着。四周，李花正繁，焰火一般。

"喜欢吗？"

"这片绿地太漂亮了！"

"咱们的家就在那边儿。"

古里巷1号是拐角的那一栋，白色，落在一方绿草地上。我感受到丈夫的目光，他在等待我的反应。我给大脑下达了微笑的指令，可它执行的却是抽泣。安东放下箱子，轻轻扶住我的肩膀。

"怎么了，亲爱的？"

我没回答，深吸一口气，鼻子里却发出了猪呼噜声。

"你不想和我一起生活了？"

"我当然想的！"我发现哭着要把话说清楚真是不容易。

"那你哭什么呀？"

我接过他递给我的绣有他姓名开头字母的手帕，擦着

第一章

鼻涕和眼泪。

"安东,我想要和你一起生活。只是,我害怕极了,我不知道自己能不能做个好妻子。"

安东听完皱起了眉头。唉,后半句我要是没说就好了。我父亲是对的,我总是讲不到点子上。

我丈夫默默地走到房前,打开门,让我先进去。起居室比我想象的小,但是沐浴在阳光里。米色的地面透着暖意。我一个房间一个房间地走了个遍,反复告诉自己这里是我的家,却还没有家的感觉。空气中弥漫着油漆味儿和胶水味儿,我知道我们住进来后它就会慢慢散去,会被我们的味道取代。我一点点放松下来,想象着摆家具、挂窗帘,想象着孩子的笑声。

安东的声音把我从我们的未来中拉回来。

"亲爱的,不用担心。"

我把头靠在他的肩上。我们打开面前的窗,外面就是那片铺满鲜花的绿地。安东的手臂轻轻地揽住我的双肩。

"别担心,亲爱的,"他又说了一遍,"就算你现在还不是一个好妻子,你的努力也会让你成为一个好妻子的。"

第 二 章

安东坚持不用轮椅要自己走,结果我们最后一个到。老顾免不了甩出一句:

"啊!终于!再多等一分钟,我都能睡着了。"

"那您先睡,我们过一分钟再来。" 我一边说一边开始掉头往回走。

我的丈夫一把拉住我的胳膊。他花了两天时间说服我来,好不容易到了可不能前功尽弃。

这事是老马牵头决定的,由他招呼全体碰头商量。古里巷如今还剩下的人,此刻都在罗丽家的厨房里了。气氛严肃,要不是她本人在场一边聊天儿一边招呼大家吃点心(超市的速冻半成品),我还以为是她葬礼的招待会呢。我咽下一块奶酪酥饼。

老马站起身:

"感谢大家的到来。我知道,把大伙儿都叫到一个屋里坐下实在是很难为大家。但这次情况确实危急,如果我们不能齐心协力,就只能向古里巷道永别了。"

第 二 章

"老马,您确定您的消息属实吗?"乔菲捏着手指头问道。

老马十分肯定。他的孙女朱丽在镇政府工作。这个区的改造方案刚刚通过。镇长计划在那片绿地上建一所小学,古里巷会建成一个停车场。

"这是我们的家,他们没权利把我们赶出去!"乔菲开始抗议。

老马摇摇头:

"你们都知道,我以前是搞法律的,在圈子里也还认识一些人。我向他们打听过了,不幸的是他们都认为,这次我们完全有可能被赶出去。"

我专心听着老马做进一步解释。"接下来,市政府会向我们提出征购,我们当然也有权利不接受。但到时候,议会就会投票通过公共利益优先的决议,剥夺我们的产权,来征用这块地。"

听到这里,乔菲像烤好的面包片一样从座位上弹起来。

"那我们绝不答应!朋友们,咱们团结起来,一起跟他们斗!"

老顾也起身,说他完全赞同。老马唱起了《国际歌》,罗丽模仿着军号为他伴奏。此刻我只求自己又聋又瞎!

如此高涨的情绪,在我们这个年龄是保持不了多久的。很快,军号没了声响,所有的屁股也都回到了椅子上。老马盯着我们两口子:

"马琳,安东,你们俩呢,跟大伙儿一起干吗?"

"他俩当然跟大家一条战线！"罗丽对我丈夫会心一笑，用开了激将法，"安东可是个有胆量的人。"

"哼，"我冷笑一声，回了一句，"能跟你做六十多年的邻居，没点儿胆量也不行啊。"

我亲爱的丈夫刚想笑，又强忍了回去。我接着说："我就一个问题：我们这一帮八十多岁的，打算怎么去跟政府斗？你们真觉得这事儿有希望？"

大家不作声了。我放下心来，看来这几位或许还有得劝。这时老马开了口：

"反正我们已经再没什么可输掉的了，跟他们斗到底，把他们打个落花流水！"

大家又齐刷刷地站起来，喊着冲锋的号子，那声势，熟睡的婴儿也能给吵醒。我盯着丈夫的眼睛，希望在他的目光里找到惊诧，或是沮丧，但我看到的却是兴奋和激动。

看来我是孤身一人，被这一群显然已经失去理智的人包围了。我还不能确定他们的狂热程度，但已经感到不能放任他们不管。

就这样，为了不让他们完全失控（我发誓，绝对没有其他任何原因），我拉着丈夫的手，毅然决然地加入了抵抗者的行列。

第 三 章

很快,我们就"总部"的选址达成了一致:绿地中间三棵松树下的那张木头桌子。这里作为总部至少有两个优势:第一,它安全;第二,能让罗丽不在自己家里。

上次的碰头会后过了一周,我们在总部开了第二次全体大会。来之前大家都做了功课:分头想,用什么办法能让镇长改变主意。与会者个个有理智有分寸,他们想出的办法亦是如此。

老顾建议大家绝食。

乔菲说要爬上吊车抗议。

罗丽的计划更容易,她要把镇长关起来。

老马人"靠谱"些,觉得更应该去绑架镇长的孩子。

我转头看着我丈夫,想从他那里得到些许安慰。我亲爱的先生却两眼放光,说要投诉到电视台直播间。

我暗地里想好了:下次去买东西时得记着备上些氰化物。

罗丽(很显然,今天她把口红和牙刷用混了)问我的看法。大伙儿的目光集中到我身上。我心里想,要不就建议集体自杀得了。

"想法倒是有一个,但可能你们会觉得我有点儿疯狂。"

我仿佛听见他们的血液在沸腾。

"你们都坐稳了?"

几个白色的脑袋都对着我点了点。

"那好。我们是不是该先要求去和镇长面谈?"

我显然让他们失望了。罗丽皱起眉头:

"能不能保住这小区,你是完全无所谓是不是?"

老马说:"我们才没那个时间去讨好镇长呢。我们出手得快,要稳准狠。"

"我真的可以爬上大吊车,"乔菲坚持自己的意见,"我年轻的时候练过空中杂技,我肯定行的。"

老顾提议大家举手表决。我们每个人都正大光明、毫无顾忌地对自己的提议投了赞成票。结果是大家得票相等。可以想象,假如我们都是总统竞选人参加投票的话,选票填好后无疑是要先公开展示给摄像机,再放进票箱的了。

安东大概是怕晚上睡沙发,把票投给了我的提议(幸好我刚才没把集体自杀的想法说出来!)。我以一票优势胜出,同时也在邻居们的黑名单上稳居第一。

老马给镇长打电话询问见面的时间,乔菲说应该为我们想个名。这我可真没料到。我们为新生儿取名,有时候也为小猫小狗取名,或是为花花草草想个名字,这些我都没问题。但是,

第 三 章

花时间为眼前这个既可笑又无用的集合取名，我还不如变成栓剂更有用。我站起来准备撤。

"您去哪儿？"老顾问我。

"回家。"

"可我们还没取好名呢！"乔菲提醒道。

我不理睬，想接着跑路。但是安东却彻底"叛逃"到敌方阵营：

"亲爱的，别急着走。肯定会很好玩儿。"

"当然啦，我亲爱又忠诚的丈夫，这事儿毫无疑问会很好玩儿。但是我还是悠着点儿吧，太多好玩儿的我怕血压受不了。"

罗丽朝天翻了翻白眼，说：

"算了，她冷漠症，你们不用拦着她。幽默从来就不是马琳的强项。"

听到这儿我停下脚步，对着这位可爱的邻居露出最灿烂的笑容：

"谢谢你的恭维，罗丽，果然没让我失望。看来跟狗子们的长相厮守，倒让你变成人类的好朋友了。"

我话音刚落，一个熟悉的笑声从身后传来。

啊，还真是他！这儿还不够乱吗？！

我的外孙小葛！我没来得及过去把他推开，他已经伸开双臂抱住我的肩膀，用力在我脸上亲了两下。我是他的抱枕吗？

"你来干吗？"

"外婆，我也很高兴见到你！我能住那个黄色的房间吗？

还是你要我去那间蓝色的？啊，别担心，你知道我有个老婆还有两个娃，我一周只要在你家住两天就行。"

这突如其来的巨量信息，把我素来敏捷的回答惊得无影无踪。我只听见自己苍白无力地又问了一遍：

"你来干吗？"

"老马在社交平台脸书上找到我，把你们的事儿跟我说了。你不会是忘了吧？还是不敢麻烦我？本大记者身后可是本地最受欢迎的报社啊！我绝对要让所有人都看到你们的斗争。我半秒也没犹豫就来了。政府弄的这事儿太气人了！而你们，一群老者，为了挽救一辈子的回忆，决心与政府对着干，太令人激动了！我来跟着你们现场随访，把它做成今年春天的连续报道。"

他一口气讲完这一大堆，就过去跟他外公和早已兴奋得坐不住的邻居们打招呼，把我晾在一边，俨然似被放进篮中的水果，早已被他搞定。

半个小时后，我无奈成为古里巷回忆录的撰稿人。

五十分钟后，我们的组织低调地有了正式的名称：辉煌八十。

第 三 章

1955

眼看夏天就要到了。

大清早，太阳先是照进我们的起居室，接着又把光芒洒向厨房。一整天，我就像向日葵一样跟着它。织毛线时，它暖着我的双脚，做饭时，它又来照着我的双手。白天我独自在家，太阳陪伴着我度过漫长的孤独时光。

安东在百货公司做管理工作。早上出门，傍晚七点左右回来。他每天中午都回家吃饭。来回坐四十分钟公交，加上两头儿快走十四分钟，剩下的时间仅够他囫囵吞下午饭。可他还是坚持回来陪我一小段。

这样的来回奔波，实在不轻松。安东常常晚饭后不久就坐在椅子上睡着了。今天也不例外。好在过两周他就可以放假几天，到时候就能在家彻底休息。反正在买家具的贷款没还上之前，我们决定放假都不出门，就待在家。

我调低收音机的音量，来到园子里。天还大亮着。远处传来狗叫声，我婆婆前一阵来帮我种下的那丛薰衣草周围，一群小昆虫嗡嗡飞着。

"真热啊！"

身后突然有人说话，吓了我一跳。

我回头看见3号院的邻居正坐在门口的台阶上，右手夹着一支烟，左手抱着一只小卷毛狗。我以前在送奶和送禽蛋的车子前碰见过她，但除了礼貌打招呼之外，我们还没说过话。我冲她点点头，算是回答她那句"真热啊"。她起身朝我走过来，越过我们两家之间无形的界限。

"我叫罗丽。"她向我伸出手说道。

"我是马琳。很高兴认识您。"

"您要来支吗？"

抽烟，光是这个想法就让我脸发红脖子发热。我父亲一直说，抽烟的女人低俗。这话我从小听到大，抽烟根本不在我的字典里。我礼貌地拒绝了。

"那您就只能错过这神仙般的感受了！"她说，接着又问，"这房子您喜欢吗？"

她的金色头发上扎着一条丝巾，嘴上涂着口红，帆布长裤，脚光着。她看上去就像那个人人都在谈论的明星玛丽莲·梦露。她笑声大，动作手势也大，似乎完全不在乎别人怎么看她。对于条条框框，她不是模糊地可内可外，而是明确地跨越出去。她这样的女人我还是第一次见到。

罗丽白天是理发师，晚上是歌手。她每月和乐队在酒吧一起表演一次。她比我大五岁，已经去外国旅行过！她最大的梦想就是去美国当明星。她说这话的时候，眼里已经是星光灿烂。

"跟我来，我带你看个地方。"她边说边过来挽住我的胳膊。

第 三 章

这次我没拒绝,跟着她穿过园子和马路,来到那片绿地上。她拉着我向那三棵巨大的松树走去,拨开树枝,我们就在树中间的阴凉儿了。这里就像个密室,把刚才的声响、光线和炎热,统统都关在了外面。

"我的小狗糯米遛弯儿时带我发现了这块宝地。"罗丽说,"当生活太快太紧张时,我喜欢来这里清净。我想在这儿放一张桌子和几个板凳,可以来这儿看书、吃东西。你喜欢的话,也可以来!"

"好主意!我可以叫我丈夫帮忙,他会弄木头,还……"

罗丽笑着打断了我:

"亲爱的,我们不需要男人来帮忙,我自己完全可以搞定。你愿意帮我吗?"

"我不知道我是不是会……"

"你肯定行的,所有人都会!有手有脚就能行。我可以教你。"

我点头同意,心里有点儿发怵:不知道是该对这位性格鲜明的邻居喜欢和着迷呢,还是该害怕和远离。

太阳落山,我才想起我把可怜的丈夫丢在家里已经两个多小时!我赶紧和罗丽道别,一路小跑回到家里的客厅。安东还在刚才的椅子上,头朝后仰着,呼噜震天响。我轻轻摸着他的脸颊,等他醒来。

"哦,真对不起,亲爱的,"他睁开眼睛轻声说,"我整天不是在上班就是在睡觉,你没有不高兴吧?"

我继续摸着他的脸。我喜欢他的皮肤到了晚上粗糙的感觉。他一把把我拉了过去,我跌坐在椅子上,我俩都笑了起来。

"我不怪你。你为了让咱们过上好日子已经很努力了。不用再为我操心了。"

"你不会觉得太无聊吧?"

"我没事儿啊。家里每天要干的事情不少,一天过得很快的。再说了,可能过几个月我还会更忙呢!"

我本来打算等等再告诉他。但是看到他的笑容,我很高兴现在就让他知道了。楼上最里面的房间,很快就不会空着了。

第 四 章

到了约定的时间，我们去了镇长办公室。跟他握过手，我所有的指关节恨不得都断了。

除了安东（这两天他感觉特别疲劳），"辉煌八十"的其他成员全部都到了。

镇长请我们坐下，这对于老马来说简直是天大的妥协。到这儿来之前两个小时，我们才好不容易劝好他：去镇长那儿要记住和为贵，不用披盔戴甲。

客套完毕，镇长回到办公桌的另一边，说道：

"今天我能为各位做些什么？"

乔菲第一个答话。因为紧张，她说得很快。我盯着镇长的脸，看他是不是高傲冷淡。他确实是在认真地听着。但他毕竟是我们的对立面，我不能这么容易就对他有好感。我的注意力随即转移到他说话时离不开的口头禅。

"我感谢各位的到访，呃——你们对我的信任，呃——我一定不会辜负的。呃——"

真让人受不了。他后来的话我就不逐一记录了，省得大家难受。大意就是，镇长先生是非常关心古里巷居民的福祉的。我们是社区最早搬来的几户，他对我们是有着特殊的感情的。不过，由于本地人口近年来增幅较大，现有的学校已经无法接纳所有的适龄学童。他们的调研表明，古里巷那一片靠近大自然，是未来新学校（从幼儿园到初中）的最佳选址。按目前的规划，绿地会保留，古里巷将被改造成配套设施中不可缺少的停车场。巷子里现有的几栋房屋都已老旧不堪，市里将向大家提供不菲的补偿。当然，他们的目标是让大家都满意，使整个过程平和。

"我绝不答应！"老马怒了，"你们要拆，除非从我的尸体上迈过去！"

"还得迈过我的！"罗丽和他一样激动。

我拼命不去想象那样血腥的场面。老马站起来举起拐杖，说道：

"我们不会让你们得逞！我也了解法规。想剥夺我们的产权，没那么容易。我劝政府三思，不要一意孤行，你们赢不了的。"

镇长说真的很抱歉，这规划已经通过了，是没法改变的。

我站起身，说道：

"大家不用再说了，他不会改变主意的。尿罐是不会变成马桶的。"

老顾把头摇得跟拨浪鼓似的，我看着都快要晕了。他站起身来，哆哆嗦嗦地走向坐得笔直的镇长。

第 四 章

"你们要拆的,哪里是我们的房子,那是我们的回忆啊!我们在那里过了一辈子,在那里许下诺言,筑起爱巢,迎接孩子们的欢笑,我们也在那里经历不幸和苦难……古里巷6号现在是空着了,之前那里住着马丽和安磊,还有他们的儿子狄迪。就是在那片绿地上,小狄迪迈出了人生的第一步,我们当时都在场,都为他鼓劲儿加油。我们看着他松开妈妈的手,奔向爸爸。我用我的八毫米摄像机录下了整个过程。小狄迪勉强走了三步便摔倒了。我们看到他张开嘴,小下巴抽搐着,都以为他要哭了,结果,他自己爬起来继续朝爸爸走过去。我们全都拍起手来。我还清楚地记得当时他妈妈就说:'这孩子有个性。'事实证明,她说的确实没错。"

老顾停顿了一下。我们都猜到接下来他要说的话。只见他抬了抬肩,继续道:

"狄迪,你一直都很有个性,可我以为,你也会善良,会富有同情心。"

1956

今年夏天热得要命。安东休假不上班,我们就在家避暑,关上百叶窗,看书、吃饭,连做爱也懒洋洋的。我的丈夫常常进厨房帮我,今早我还看见他在扫地!他用指头掂着扫把的把手,就跟那上面长满了刺儿似的。样子是笨拙了点儿，可他这个举动让我打心底里感动。我知道尽管他嘴上不说，但去年我的流产对他打击很大。这一次，他说什么也不能冒险让我们再失去腹中的胎儿了。

晚上气温稍低一点儿，我们才打开门窗。然后到那片绿地上散步。落日照着的天空晚霞渐浓，多汁的李子沉沉地压在枝头，我们一边走一边不时地摘几个放进嘴里。每天这时候常会碰见我们的邻居。贾樟和妻子乔菲一起跑步；马丽和安磊带着狄迪遛弯儿；小顾和苏珊手挽手走着，神情就像他们要改变全世界；罗丽和她的狗玩着棍子，她扔，狗子去捡；小马和布岚也带着女儿们一起玩儿。

这天，他们都聚在那三棵松树旁，我们也往那边走去。途中听见大家在欢呼，小顾手里拿着摄像机蹲在地上，马丽拍着手，安磊伸着胳膊。原来我们来得正巧，刚好赶上见证小狄迪第一次自己走路。他们刚搬来的时候，小狄迪还在妈妈肚子里呢。

十分钟后，大家决定一起庆祝这个小家伙成长的里程碑。罗丽和我一起搭好的那张木头桌子，今天也头一回接待了全体邻居。大家有的拿酒，有的拿杯子，还有的拿水果、点蜡烛。就这样，我们开始相互认识。

我们搬进古里巷已经快一年半了，邻居们的名字我能叫得出，知道小马在法律行业，还知道罗丽是美发师，今年二十六岁。这一年多，大家碰见的时候都会打招呼，男人们也互相帮着搭个露台刷个漆什么的，但除此之外没有

第 四 章

更深的接触。我们虽是近邻，却也是互不了解的陌生人。我有时候会想象着我们几个房子去掉隔墙的景象：我在厨房忙着，乔菲躺在床上，小顾在车库干着他的活儿……各家吃饭、睡觉、做爱、哭泣、欢笑、颤抖，虽仅隔数米，却又过着完全隔绝的生活。

今晚一起度过的这两个小时，让我们对古里巷同呼吸的男男女女的了解比过去十八个月加起来还多。

小顾一头棕发，有着运动员的体魄，是个鞋匠。他笑着强调："我可是个穿着好鞋子的鞋匠。"他的妻子苏珊，在突尼斯出生。她讲话很快，好像永远在赶时间。苏珊很怀念她家乡的小镇，说起那时的回忆就没个完。谈到现在的生活，她说最喜欢歌手皮亚芙，本来因怀旧而显暗淡的脸上焕发出光芒。他们三年前就想要孩子，一切都准备好了，现在终于怀孕三个月，就等孩子出生了。

小马会吹萨克斯管，总是讲究地穿着三件套西服。他之前在巴黎时是爵士乐队的一员。那乐队名气虽不太大，但也有自己的忠实听众。一天，跟着父母去首都的布岚，目光与晚间舞台上的小马对上。从此，每天晚上，小马便只为布岚和后来他们的双胞胎女儿专场独奏。夏天，当他家窗户开着时，我会伸长耳朵蹭着听几段。我好像从没看到他俩的手分开过，无论在哪里碰见他们，绿地也好，街上也好，市场上也好，他们总是十指相扣。这样热烈、一刻不得分离的爱情，一定非常美妙。只是，洗衣服和洗碗

会变得更有挑战吧?

马丽个子娇小,棕色头发,少言寡语。她的丈夫安磊则完全相反,身材高大、一头金发,能说会道,就算是棵树他也能跟它聊得上。他跟我们讲他们的旅游经历,详尽、生动,把那些异国的风情和色彩全都带到我们面前,一时间我们仿佛离开了这片绿地,置身于伦敦的大本钟下、罗马的特莱维喷泉旁,又或是雅典的帕特农神庙前。而他俩,身虽在此,心却在远方,唯一的梦想,就是狄迪快快长大,一旦能记事了就带他一起去旅游。

乔菲的脸上有小雀斑,眼睛圆圆的,笑起来总爱用手捂住嘴。一朵花,一只蜜蜂,一片云彩,都能让她开心半天。她说要生四个孩子,一只手抱两个。她连名字都想好了,两个男孩儿跟爸爸姓,两个女孩儿跟妈妈姓。她的丈夫贾樘,帅得就像演员。贾樘是个兽医,上个月他带了一只被遗弃的小猫咪回家,他们给这个小公猫取了个名字叫贾苏。

罗丽年轻丧偶。这是在我们的追问下,她才说出来的。一个年轻女人独自住在那么大房子里,太能引起大家的好奇了。她先夫是做建筑工作的,他在检查工地的房顶时,出了意外。从此罗丽全心做她的音乐,说音乐不会让她心碎。

我们开始认识和了解古里巷的邻居。这一群心怀梦想踌躇满志的男女,不约而同选择了在古里巷安家,我们会在这里一同老去。这缘分让我感动。我们会一起见证这里

第 四 章

的春去秋来，这里的冬日和夏花。将来会怎样？我真希望能打开一扇窗，让我偷窥一眼未来，我们的梦想是否会实现，乔菲是不是真生了四个孩子，罗丽是不是如愿以偿地在座无虚席的剧场里演唱，狄迪会不会有更美好的生活，小马和布岚是不是永远都手牵手，我会不会一直能让我的安东开心。

聚会到半夜才结束。小顾第一个站了起来，说明天一早还得开工。我们就都跟着走回巷子里，回到各自的家中。随着大门一扇接一扇地关上，各家又回到自己的私密空间。今晚我感觉好像揭开了一幅帘幕，我的世界一下子变得更宽阔了。我突然不知从哪里来的胆量，忘情地吻着我的丈夫。他回应着，一把抱起我走进了卧室。可刚把我放在床上，我便感到一阵剧痛，伴着惨叫，我的身子蜷缩成一团。这撕裂下腹的疼痛我去年也经历过。此刻，我虽然没有窗户可以望见更远的未来，却十分清楚，明年二月我们是不会有孩子了。

第 五 章

见完镇长回到家,我看到安东在椅子上睡着了,字谜游戏还摊在腿上。我把包儿放在桌上,轻轻走到他跟前。

这些年来,岁月在他的脸上留下了痕迹,在双颊和额头布满褶子。但是,我眼前的这个男人却并不老,他的目光充满笑意,肩膀宽阔,声音洪亮。他坚毅,常常是只要面子不认错;他从来不缺计划,永远只有二十岁。

楼上传来一声响,吓我一哆嗦。然后又是一声。没错儿,楼上肯定有人!

上星期乔菲从市场回来发现有人进到她院子里,她连连大声尖叫,我们都以为第三次世界大战打响了。偷盗案件近来在我们这一片儿时有发生,看来今天轮到我家了。

我踮着脚尖儿轻轻从安东身旁走开,昨天神经科大夫说最好不要让他激动。他的病发展得很快。整个看诊过程中,我都想知道他还剩多少时间,却问不出口。

现在我能清楚地听到楼上的脚步声。我想起前一阵来走访

第 五 章

的警员说的,如果有贼入室,一定要打电话报警,千万不要试图自己解决。我从来不会逞英雄,相反我一般都能飞快离开现场。上次我的炒锅爆火,我就直接弃屋而逃。但是,我也有我的思维逻辑:报警的话,在警察赶来之前,盗贼绝对有足够的时间打烂我们的屁股。现在安东是连自保都不行,我不敢想象楼上的贼下来对付我们老两口儿的可能性,那可绝对不行。我最好还是上去找他协商解决,我知道在我的床底下和口袋里还是有一点儿谈判的资本的。

五分钟后,我终于来到楼上。安东的病确诊之后,我们把车库改成了带洗漱间的卧室,他行动不便,就可以完全不用上楼了。慢慢地,我也降低了爬楼的频率。上一次上楼应该是两个月前了。

我还在楼上平台喘着气,就看见一个高大的人影走出卫生间,径直地向我走过来。恐慌让我忘记了本来的打算,直接跳到了 B 计划。我从口袋里掏出警员留给我的催泪喷射器,对着这个入室盗贼的脸一阵狂喷。他大叫起来:

"外婆,你干吗?!"

小葛一边擦着眼睛一边呻吟着。唉,这孩子从小就脆弱。

我看见外孙返身冲回卫生间,到洗脸池打开水冲洗眼睛,说了一大堆诅咒骂人的话。就是现在转述,我也写不出那些句子来。不过我之前还真的不知道他的词汇如此丰富。眼睛沾了水好像更疼,我把他扶到浴缸边坐下,又拿起一条毛巾帮他擦着。

他开始平静下来。眼睛红得就像得了红眼病的兔子，瞪着我：

"为什么？你为什么喷我？"

"我只是有点儿无聊。"

"鬼才信你！外婆，我已经三十六岁了，你不能再像以前那样胡扯敷衍我了。"

"我以为那是护肤品的喷雾瓶子。"

我知道他还是不相信，但我总不能承认是我忘记了他这两天在家住吧。现在他每周在家住两天。

安东在楼下叫我，我趁机就往楼梯走去，还没忘了嘱咐小葛：

"你过一会儿再下来。脸色那么难看，可别再坏了外公的胃口。他最近吃得不太好。"

第 六 章

两个小时前安东就离开家了，我再也想不出还能做什么可以帮我分心不去担忧了。今天他头一回不要我和他一起去看医生，换成小葛陪他。也许上次之后他还不能释怀。

那是每周一次的言语治疗。上周去的时候，他原来的治疗师不在，接待我们的这位显然根本不知道耐心是何物。他说话粗鲁，还对我们极不耐心地翻白眼、叹气。"您加把油，这能有多难？！"他不断地对安东重复这句话。我很不爱听，但也尽量为他着想，或许家里有人病危，或是老婆有外遇，又或是该死的便秘……但是，他说了下面这句话，终于让我忍不住了：

"穆先生，要减缓病情发展，您自己得努力才行。"

"是马先生。"我说。

"您说什么？"

"他姓马，不姓穆。"

他"哦"了一声便不再搭理我。

"您别只是'哦'就算完事儿了。"我坚持说道，"从我们一进来,您对我丈夫的态度就好像他不存在!没错儿,他的四肢在僵硬、在瘫痪,但脑子还好使啊!您面前的这个男人,也像您一样年轻过,他和您一样是人。有一天您也会像他一样老,到时候您也会希望大夫对您尊重一些。"

治疗师看也不看我一眼,干脆请我去外面的等待室。我只好离开诊室,临走我加了一句:

"抱歉,我刚才说错了,您就不是人,就是个屁。"

我从亲爱的丈夫的目光里看到,我最后一句话本可以不加上的。之后他没再跟我说话。等他再开口跟我讲话时,是为了告诉我:我让他感到羞耻,以后来治疗不用我陪他了。

希望他们今天不久就能回来。但愿没什么不好的消息。

我拿起遥控器,想在电视里找一档能看的节目换换脑子。我不太喜欢看电视,平常基本不开,晚饭时安东爱看的节目我跟着看一眼,感觉比市场上其他的节食产品都好用。我换着频道,情感肥皂剧,愚蠢的游戏,小孩子看的动画,各种广告……突然一个画面吸引住我:一对新人正在海滩举办婚礼。我调高了音量。

姑娘穿着蕾丝红裙,手捧鲜花,小伙子一身银灰色的西服。主持人介绍,新娘叫阿丽,新郎好像叫戴龙。日头正高,现场一众亲朋好友。一个高大的棕头发小伙儿,小臂上的文身写着:"没杀了我们的就让我们死不了。[①]" 还有一个姑娘,胸部大

[①] 源于尼采的一句名言:没能杀死我们的,会让我们更为强大。此处小伙子的文身,多半是因为自身水平有限。

第 六 章

得就像屁股长错了位置。几秒钟时间,我如同被带到了一个陌生的国度,听到的词语,意思都和之前学的不一样。宾客们踏着海浪,和新人一起见证着这独一无二的时刻。相信此时海里的塑料(整形填充物)垃圾占比达到了历史最高。

主持人请新人交换誓言。戴龙先说:

"在大家都爱自己胜过爱别人的年代,我们相爱了。没有你,我就不能活。我希望:我的都是你的,你的都是我的,特别是你的胸,因为我付了一半的钱!你愿意嫁给我吗?"

阿丽热泪盈眶,说不出话来。闪亮的眼泪顺着光滑的脸流下来。那一瞬间,我想起了八十年代流行的一个洋娃娃,会哭着要奶瓶,在它手上按一下还会尿尿。但愿这会儿没人去和阿丽握手。

"我的兄弟灵魂[1],"她抽了抽鼻子,开始讲话,"'相爱,就是一起朝同一个勃起看'[2]。你让我销魂到七重天,我爱你胜过一切,我一天也不想不和你……"

阿丽太过激动,双腿发软,没能把话说完。这时候镜头放慢,在大家惊恐的目光中,新娘倒在了海水中。一个叫李阿娜的扑到她身上,在肚脐那里为她做心肺复苏,全身湿透的新娘叫喊呻吟着。

---

[1] 法文里"灵魂"一词系阴性,说到灵魂伴侣,一般都是用姊妹来形容,而非兄弟。新娘的话,说明她连最基本的名词性数配合都做不到。

[2] 法国作家、诗人及飞行员,《小王子》的作者安托万·德·圣-埃克苏佩里(Antoine de Saint-Exupéry)的一句名言:爱,不是相互对望,而是两个人一起,朝同一个方向展望。此处阿丽的引用,完全面目全非。

门铃突然响起,打断了这个镜头。我不情愿地关了电视去开门。老顾站在门口。

"又是您?"

我的邻居没回嘴顶我,甚至连打招呼都省了,直接说,又出大事儿了。我问:

"多大事儿?"

他朝天看了一眼,叹道:

"吊车那么大。"

1959

我没有勇气向任何人承认,只能通过日记释放出来。

我其实无聊透顶。

日子天天重复,没有花样。

早上,我从厨房窗户跟罗丽打招呼,她怕上班迟到,穿着高跟鞋一路小跑着去发廊。之后安东也该出发去办公室了。我看着他离开家门,直到拐弯看不见为止。接着,整个小区在我的眼皮底下苏醒:小顾总是先跨上他那辆灰色自行车,吻别妻子苏珊和两岁的女儿方娑,然后吹着口哨蹬车远去。安磊提前五分钟早早地就发动了他那辆"DS女神"车,妻子马丽抱着狄迪坐在副驾驶。安磊连按三声喇叭,狄迪开心得小脸通红,"女神"这才驶离古里巷。

第 六 章

贾橦每天都走得最晚，他小心翼翼，为的是不吵醒爱睡懒觉的乔菲。贾橦离开之后，便是小商贩的陆续到来。

面包师傅天不亮就已经来过了，他把我们留在门口的零钱拿走，放上相应的面包。一大早挤过奶之后，牛奶车就开始送奶，同时也卖奶酪和鸡蛋。我很喜欢从车上流出的牛舍味道。副食店店主每周二来。每一次他打开车子后门，我都会惊叹他的超能力：把那么多的东西放进那么狭小的空间，他是怎么做到的？我总是提前把一周的菜单列好，买菜的时候尽量节省和克制，可却少不了要买点儿巧克力、甘草糖，还有安东最爱吃的可可啵糖。周四，轮到家禽店店主。他为了让顾客满意常常给些优惠，比如，买一只鸡就送一打鸡蛋，买两只鸡的话第三只鸡就免费。他这样慷慨的营销，最终没能坚持多久。周五，鱼店老板的低温保鲜车，把附近的居民都吸引了过来，想买好东西就得赶早。这些商贩，不仅填满了我们的储藏柜，还让我们的邻里关系更为紧密。我常常在上午买菜时碰见乔菲，苏珊和她女儿，和她们接着聊前一天没聊完的话题。

午饭后，天气好的话，我们就约着一起去绿地那里，带着各自的毛线活儿，看着小方娑玩耍，尽情享受着这生活。方娑的每一个微笑都让还没有孩子的乔菲陶醉。

这样的日子，每天都忙忙碌碌，但我总感觉有一块不能填补的空缺。我期待着安东下班回家，可以说是焦急地期待，可又不敢太明显，怕他感觉窒息受不了。要是我家像

小马他们那样,有一台电视机,我或许就不会那么无聊了。

我最喜欢周一,因为罗丽不上班。随着时间推移,我们对彼此的了解也更深,我的这位邻居成了我要好的朋友。其实我们几乎没什么相似的地方,她有多渴望独立,我就有多需要安全感;她喜欢被关注,我却巴不得没人看见我;她容易冲动,我则总是尽量三思而行。也许这就是她吸引我的原因。跟她聊天,我觉得我在毫无风险地体验另一种生活。

上星期,她告诉了我一个秘密,现在光是把它写出来,我都羞得面红耳赤。她在一家高级酒店的咖啡厅演出,第一次与一个乐队合作。整场演出,她都能感觉到低音贝斯手的炽热目光。演出结束后一个小时,连他的名字都几乎叫不出的她,竟然在他车里和他亲热!认识罗丽之前,对这种行为,我会毫不犹豫毫不留情地嗤之以鼻。但是现在,我看到其中一种抗争的力量,也听到一种自由的呼声。也许这就是我的新朋友带给我的:思想更加开放,更加宽容。

我对自己感到无聊这件事,觉得很内疚。我能够梦想拥有的一切我都有了:温存爱我的丈夫,舒适可爱的房子,能交心的新闺蜜……就只差有自己的孩子了。难道就因为这一点我不能圆满吗?万一我们真的得不到自己的孩子怎么办?难道我就一辈子都感觉虚空?又或者,万一即使有了孩子,我还是继续有这虚空的感觉,那又该怎么办?我为什么就不能像别人一样,满足于生活的厚爱和赐予呢?

第 七 章

我赶紧给小葛打电话,留了言,便跟着老顾上了车。只见老马已经坐在副驾驶座上,罗丽在后排。我尽量离她远远的,脸都贴到了车窗上。

这段路我受到的惊吓可以说是刻骨铭心至死难忘。老顾他想必是在大家都骑在马背上驰骋原野的时代拿到的驾照吧。幸好这车是自动挡,否则我肯定不是早就被抛出窗外,就是已经被甩到挡风玻璃上。在老顾的眼里,红绿灯是看天气变颜色的,其他车辆和行人只是个装饰而已。此时与我们共用公路设施的车和人,不了解这老顾头的交通规则,能活着就是万幸。

老天有眼,那个像吊车一样大的事儿,发生在离我们古里巷只有两公里的地方。老顾把车停在一个在建的公寓楼旁。我们下了车,不约而同地抬头向上望去。

我用了好几秒钟把我看到的东西整合起来。一个吊车,一把梯子,一个彩色的小点儿。慢慢地,我弄明白了:是乔菲,穿着紧身练功服,悬坐在吊车起重臂上,胳膊紧紧地抱着一截爬梯横杆。我承认我不够厚道，但是很遗憾，确实从那往后，每次再碰见我的这位邻居，我眼里都会先浮现她此时此刻的形象。

"她给我打电话，要我来帮她。"老马解释道，"可今天之前，她确实从来不恐高的。"

"幸亏她还带着手机！"罗丽说，"她看上去可是完全动弹不得。"

"就像死过去了一样。"我接口道。

我看见老顾皱起了眉头。

"现在得有人上去帮着她下来。"他接着问，"谁去？"

大家一下子全都听觉失灵了。老顾又问了一遍，罗丽想让他理智点儿，说目前最明智的办法是打电话给消防队。可老马不同意，说那样的话可能会对我们的诉求不利。

"那还能怎么办？"老顾有些激动了，"总不能就让她在那上边儿一直待着吧！"

我耸了耸肩："也未尝不可。乔菲这身儿打扮，在上面倒挺好看的。"

"要不您去试试？"老马看看老顾。

老顾张开嘴，却没有任何推辞或反驳的理由说出来，俨然涸辙之鲋。

酝酿良久，他终于开始自救："其实我本来就有这打算。"说完就推着助步器，向吊车走去。

罗丽着急起来："赶紧劝住他啊！这个笨蛋他肯定会摔伤

第 七 章

的。"

我摇摇头:"放心吧,不会的,你看就他那驾驶水平,还开了六十多年车都没事。老顾是不可战胜的。"

这时老顾到了吊车脚下,道别似的挨个儿看了我们一眼。罗丽在胸前画着十字。

只见他慢慢地、懒熊爬树般的,向上迈出了第一步。第二步花的时间更长。到第三步,他完全不动了。一开始我们以为他哪里抽筋了,可十分钟之后,他仍定格在那里,像个标本一样。这下老马也只好同意叫消防队了。

不一会儿,一辆红色的卡车停在我们旁边,走下来四个壮汉。

"这是怎么回事?"其中一位满脸的难以置信,他的三位同事则已经朝着吊车走去。

我来不及细想,张口就说:"我们在玩儿捉猫游戏。"

消防员眯起眼睛:"藏猫猫?上面那位还穿着紫红衣服?"

"是的,她是个出色的空中杂技演员。"对任何问题老马都有答案。

消防员显出高姿态,接受了这个说辞,便去和同事们会合了。

老马、罗丽和我目不转睛地看着他们开始救援。老顾第一个。消防员跟他谈了好几分钟,不得不面对这个现实:我的老邻居这会儿僵在离地面一米的空中,怎么劝也动不了半根骨头。消防员小伙儿们精准地把老顾从栏杆把手和梯级上解开,挪下来，扶着他踏踏实实地站在了地上。我要是带了我的摄像机就好了。可怜的老顾头，这时就像一只干瘪的海星。他一落地，我们马上围过去。他却对我们摇头：

"我真想不明白你们为啥叫他们来。我眼看就要把她救下来了。"

呵，还是一只清醒的海星。

要把乔菲弄下来，显然难度更大。又经过一个小时的努力，另搭上了一个大梯子，乔菲才愿意放开起重臂。落地后，她不得不向消防员讲清了原委，并发誓不再犯。现在她终于披着救生毯回到了我们中间。

我忍不住挖苦她：

"你那会儿是表演地面杂技吧？"

她瞥了我一眼，然后开始诉苦：

"我也不知道今天是怎么了，就往下看了一眼，哎呀，所有的东西就都开始转了起来。我真的吓坏了。"

老顾笨拙地摸摸她的肩膀表示安慰。消防车开走了。罗丽点了一支烟，叹道：

"我亲爱的邻居们，要想不被人笑话，咱们接下来得干得更漂亮点儿才行啊！"

第 八 章

我最喜欢的状态,就是睡眠了。睡着的时候,我没有了年龄,没有了病痛,也没有了恐惧。睡着时,我还能见到我父母、我姐姐和所有那些如今只生活在我的回忆里的人们。我能跑,能跳,直到喘不过气来;我能把我女儿搂在怀里;我甚至还能飞!在生命的激流中,睡眠是我的救生筏,我紧紧地抓住它,得以喘息。

所以最令我难受的,莫过于离开睡眠状态了。老实说,我对生活没有不满,也不想抱怨,因为确实我这一辈子算是幸福的。我也非常清楚,到这个岁数还能和丈夫一起双双活在这激流中,没有像其他人那样沉下去,是件多么幸运的事。可这也改变不了每次睡觉醒来都很痛苦的事实。各个关节都痛,还有那可怜的腰,再加上各种回忆。

这天午后两点,一阵坚定、超长的门铃声把我从午睡中拉出来,我就不在这里描述我当时的心情了。我起身走过去,不是打开门,我简直是把门都拆了下来。罗丽站在外面,毫不示弱。她冷冷硬硬地通知我:

"危急情况,紧急开会。一个小时后总部集合。"

"亲爱的邻居,午安。"

她冷笑了一声,说道:

"呵!马琳变得这么有礼貌了?"

"你做梦去吧!"我重重地又把门关上了。

回到起居室,我看到安东在沙发上乐。

"你笑什么?"

"呵呵,这可怜的罗丽,我想象着她被你关在门外的样子!"说完,他点头示意我过去坐到他身旁。他头枕着垫子躺在沙发上,我小心翼翼地靠着他在沙发边上坐下,假装没注意到他想拉我的手的举动。对上次甩开我去看大夫的情况,他还是只字不愿对我提起。

"我们应该去开会。"他说。

我叹了口气。这几天,我想了很多。我实在是不愿意与这一群用助步器的革命者为伍,不愿意把我们已经所剩不多的时日浪费在与风车较劲这种毫无意义的事情上。就让我们的这一辈子和我们的房子一起,被铲平,被抹去吧。与政府的决定对着干的一切努力,都注定是要失败的。这一点我非常清楚,我只是不能相信,我的邻居们会看不到?

然而,自从那天老顾在多年后再次敲开我的家门以后,我觉得有什么东西变了。非常细微,几乎觉察不到,但却真实存在。在我丈夫的眉毛下面,在他皱巴巴的眼皮之间,不了解他的人注意不到,但我不会看错。那里有一道细微的亮光,仿佛久违

第 八 章

的欲望一般，照亮了他的眼眸。

"行，亲爱的，那咱们就去。"

我们到的时候，"辉煌八十"的全体成员都已经在总部聚齐，加上我的外孙小葛，他的膝盖上放着一台手提电脑。

不等我们落座，老马便在桌子的一头，拄着拐杖，庄严地开始讲话了：

"朋友们，情况不容乐观啊。乔菲的鲁莽举动，差一点儿毁了我们这个集体。再犯的话，就会让我们信誉尽失，我们的诉求就没人愿意听了。如今我们同在一艘船上，大家要一起划才行。从今往后，我们的每一次行动，必须得事先全体同意，才能实施。"

乔菲自责地涨红了脸，恨不得把脑袋缩回肩膀里。

"昨晚我一宿没睡，"老马接着说，"想着我们到底能做什么真正有用的事情。翻来覆去地掂量，觉得只有一个办法。"

他停下，等大家安静下来，看着效果差不多了，接着用再平常不过的语气说：

"我们要逼镇长辞职。"

虽然我早已下定决心，邻居们不管做什么我都绝不再大惊小怪，毕竟保障我的心率更为重要。可我还是没有料到，他们对老马的决定竟是一致欢呼："太棒了！就该这么干！简直天才啊！"那势头，就差要为神奇的老马立一尊雕像了。我大着胆子想泼点儿冷水，就问："怎么逼？有具体的计划吗？"

他们当然有,而且还不止一个!

我真想丢下这群疯子不管。但这时我看到,我的安东眼睛里的那道细微的光亮,已经燃烧起来。于是我留了下来。接下来的两个小时里,我们提出建议、激烈辩论,气氛堪比议会,直到一份精确的行动纲要获得全体表决通过。

我们的行动不在大,而在多。

我们的目的:把镇长弄得筋疲力尽,从而放弃原计划。

我们的代号:"白头"行动。

1960

她的耳朵上有一层小绒毛,嘴巴像一颗小草莓,小脸圆嘟嘟的,头发还没全长出来。她朝着什么人或什么东西笑,我都认为是在对我笑。她吮吸着我的奶水,眼睛盯着我。她散发着奶香和未来的味道。就算是哭闹,也是那么温情柔嫩。她的小脚丫只有我的拇指那么大。饿了,她的小眉头就皱起来。一定要我抱着才能睡着。她让爸爸的眼睛和我整个的人都焕发光亮。

我再也不感到无聊了。我希望每个小时都不止六十分钟,希望每分钟都超过六十秒。我巴不得永远不用闭眼,只为了不错过一分一秒。

我的葛琳三个月了,我的心已经装不下我的幸福了。

第 九 章

1号行动

在我们镇上，一共有三家面包店。一家紧挨着教堂，一家在邮局对面，第三家在那块绿地旁。都是早上六点开门。

五点，我的闹钟准时响起。我开始准备。虽然只是就近去买个面包，出门也不能马虎。上一次我在楼上浴缸里泡澡，花了两个小时还是没能自己起来，要不是安东大着胆子请邮递员帮忙，我大概现在还在里面泡着！从那之后，我就不再用浴缸了。

我的丈夫还在睡，我轻手轻脚地洗漱完毕，去厨房准备喝一杯咖啡。没想到小葛倚在冰箱旁，着实把我吓一跳。

"外婆，是我！"他一边用手护着眼睛一边冲我大喊。

"放轻松吧，今天我没带武器。你怎么这么早就起了？"

"陪你去面包店啊！"

"不行！"

"你没得选。"那小子蛮横起来,"好不容易你们开始行动了,我必须跟踪报道!"

今天手上没有催泪喷射器,我也就只好依了他。可一出家门我就后悔了。一路上,小葛推着老马安排提供的小推车,嘴上不停地冒出些愚蠢的记忆,一刻也不让我安宁。

"外婆,记得吗,小时候我去上学我们就是从这儿走的!"

"外婆,你觉得那个马老师她后来知道是咱俩去按她家门铃,然后又玩儿失踪的吗?"

"外婆,这次到你家来,又看到这个街区,我实在太高兴了!"

我现在后悔今天戴上助听器了。

"外婆?"

"嗯?"

"我外公的病……他快死了吗?"

这次真的过分了,他的话实在太多了。我停下脚步,转身看着这只大嘴巴喜鹊。

"小葛,你简直比导航还能讲,真让人受不了。你再说下去,连自己的声带都会告你的状了。"

他没回答,而是加快了推车的脚步。我在后面看着他,上身向前倾着,那两条大长腿太细,活像木偶的拉绳装反了。这样的两条腿随时都可能纠结到一起。我前面这个男人,我了解他吗?我清了清喉咙,转眼看向别处。

我用海牛的速度终于走完最后的这两百米,自己却感觉跑

第 九 章

了个马拉松。等我终于来到面包店门口时，小葛倚墙而立，调着他的相机。

女店员正俯身整理橱窗，听到有人进门的铃声，抬头看过来。看她嘴角的印迹，应该是刚吃过巧克力面包。

"早上好！您要点儿什么？"

"您的面包和点心我全要了。"

她怔了一下，以为自己听错了，请我又说了一遍。我照办了：

"橱窗里和后面小车里的面包和点心我全要了，烤炉里的我也要了。"

她的目光充满怀疑，看看小葛，又看看我。

"您在开玩笑吧？"

我的耐心触底了。

"您看我像个喜剧演员吗？"

"可我不太明白……"她开始结巴了。

"是吗？您看上去可是挺聪明的。您是打算把刚才我要的东西卖给我，还是想和我花一上午来探讨您的智力？"

半个小时后（装车十分钟，算账二十分钟），我和小葛丢下那个依然不知所以的店员和空空荡荡的门店，推着小车来到"总部"。其他人都到了，安东也在。老顾和乔菲把教堂隔壁的面包店买空了，罗丽和老马让剩下的那家也没东西可卖了。"总部"的木头桌子上，堆满了面包和点心。

老马骄傲地笑了：

"干得好，同志们！我们的第一个任务圆满完成！"

"我还是不明白,让全区的居民在几个小时里买不到面包,到底能怎么打击到镇长?"乔菲咕哝道。

"说实话我也不知道。"老顾回答,"但我很开心。我平常不去那家面包店,所以今天又有机会说出我最喜欢的笑话:'知道为什么面包在吃之前要在墙上敲几下吗?'"

没人给出答案,但大家都知道肯定不好笑。这是许久以来,我第一次感到与我共患难的战友们的立场这么接近。

"答案你们得保密啊!很简单:为了敲碎了吃啊!"

就乔菲一个人笑了,她人真好。

老马开始解释我们这第一个行动的意义。他说,面包断货,镇长今天肯定会收到上百起投诉。然后他就会对我们的能力有个概念了。

我暗地里想,这个概念实在是没有潜力。

"那然后呢?"罗丽问道。

"我们计划接下来的行动啊!"老马回答,然后问道,"大家有什么想法?"

一片寂静。最后,我亲爱的温存的安东清了清嗓子:

"我有一个想法。"

第 十 章

"辉煌八十"用法棍指挥镇长

古里巷居民与镇长对抗的战役进入了新阶段。

他们天刚亮就起来行动了。就在刚刚过去的周五,因本镇新规划中的学校及配套设施而面临被迫拆迁的古里巷居民,决定不做案板上任人揉擀的面团,他们要奋起反抗。

这群绝望的八旬老人,一早就去了本镇的三家面包店。他们想出一个绝妙的主意来帮他们摆脱困境:让整区的老百姓都吃不上面包。镇长应该明白,他们不是省油的灯。

他们连一粒面包渣也没留下,三家面包店的柜台和橱窗今天全部空空如也。"辉煌八十"的领头人老马告诉记者:这还只是个开头。古里巷对他们来说,远不止是一条巷子,那是他们今生一切开始的地方。

他们深知这场对抗不会容易,但他们已经准备好了,一定会坚持斗争下去。

中午,救援站的厢式货车为最有需要的人们带来了法棍和羊角包。

我们由衷地希望,心地善良的"辉煌八十"能打赢这场战斗。

这张报纸就放在起居室的桌子上,旁边是我们的咖啡杯。小葛的笑意写在脸上,显然对自己玩的文字游戏很是满意。他告诉我们:

"咱们在社交媒体上收到了许多网友的留言。大家都站在你们这边儿,你们别放弃。"

"我们不会放弃的。"安东一边肯定地说,一边把桌上的报纸拉向自己。

小葛一边接着电话一边起身走出起居室。我默不作声,为丈夫烤好吐司片,抹上带果仁儿的微咸黄油,再加一小勺每年夏天我都会自己做的草莓果酱。他左手拿起吐司片,在他的杯子里蘸一下,放进嘴里,几滴咖啡掉在防水桌布上。对这类小事他从不发牢骚不抱怨。只有一次,我听见他在浴室里哭。我不愿让他更难受,就待在门外和他一起流泪。他出来时,紧紧地抱着我,在我耳边轻轻地说了一句我永远也忘不了的话:"亲爱的,我们真是很幸运的!"

小葛回到起居室,把电话递给我:

第 十 章

"是妈妈,要和你讲话。"

我不太情愿地接过了电话。

"葛琳。"

"妈妈,你怎么样?"

"很好。谢谢。"

"小葛把面包店的事告诉我了,我真想当场看看盛况!"

"嗯。"

"爸爸呢,他好吗?"

"他也很好。"

"那就好。我们这边快要累死了,不过,就快完事儿了。还有两个星期就搬家,已经打好包了。过了这么多年,现在要回法国去生活,感觉有点儿怪怪的。"

"应该是的吧。好了,葛琳,我得挂了,有人敲门。"

"那好吧,妈妈。我会再打给你。亲亲,再见!"

"好的,再见。"

"……小葛,这玩意儿怎么挂断?"

我的外孙皱着眉头接过电话:"你刚才为什么跟她说有人敲门?"

"啊?没有吗?我怎么好像……"

"外婆!……"

我看着外孙的脸,他满眼责怪地盯着我,不满地噘着嘴。我伸手轻轻摸了摸他的脸,他微微笑了一下,安东也笑了。我小声说:"亲爱的,外婆逗你玩儿呢。"

1963

乔菲是我见过的最爱笑的了。我从没见过她有不快乐的时候。就好像她的嘴唇只能向上翘着不能水平待着,就好像她的眼睛也只愿意眯缝着。

阳光、雨水,特别是雪花,她赞叹;棉花般的白云,彩色的小鸟,她惊喜;任何一个计划、一段闲聊,她都开心到不行。就算是当她害羞地悄悄透露一直未能当上母亲的痛苦时,主导情绪也是心怀希望。

我不知道我们还能不能再看见她的微笑了。

昨天晚上,贾樟死了。在他俩跟往常一样绕着绿地跑步的时候,死在她的怀里。她的哭喊声把大家都吸引了过去。我当时在那三棵松树旁,正教葛琳用雏菊花做花环。所有人都跑了过去。安东和小马对他进行了急救,但是已经太晚了。他还不到三十岁。

苏珊和我从今天早上就陪着乔菲。她一直没有开口说话,没有流下一滴眼泪。就那样直直地坐在椅子上,眼睛空空地盯着前方。我们想方设法和她说话,希望她能开口,能吃一点儿,或者喝一点儿。没有用,任何的努力都无法让她走出那种麻木的状态。于是,我们就在她身边坐下,守着,让她在面对那些回忆的时候,不孤单。

第 十 章

　　这房子里，处处都有贾樘。我们眼前的置物架，是他亲手抛光的；脚下的地毯，是他俩一起选的；墙上的相框里，是他俩在一起时的微笑。贾樘在我们呼吸的空气中，在桌上页角折起的报纸里，可他再也看不完了。

　　我多么想对乔菲说，她会好起来的，因为大家都是这样说，不管发生什么事，我们总会好起来的。我多么想向她保证，虽然会慢得难以察觉，但她会一天比一天好。终有一天，她的笑容会回到脸上，终有一天，阳光、雨水，更别说雪花了，会再次让她陶醉。我多么想让她相信啊！可是连我自己都不信。我知道，她会永远思念贾樘。每年、每月、每天的早晨，她都会想他，都会问自己，当时是否可能把他救过来，都会想象着另一个平行的存在，在那里面有她和她的贾樘。我相信，她将来可能还会爱上另一个男人，但那会是不一样的，是不完整的、被截断过的爱，是没有绚丽色彩的爱，是蒙上了忧虑的阴影的爱。我真心希望我是错的，但这就是我真切的感受。万一、假如我的安东不在了，我也许还会继续呼吸，但我的生活已经停止了。

　　有人在门外敲了三下，乔菲惊得一哆嗦，起身无力地走过去打开门。看见安东抱着葛琳站在门框下，我喉咙哽咽了：我的幸福在乔菲的不幸中显得太突出。

　　"早，乔菲。"我的丈夫低声说道。

　　他昨晚一夜没睡，眼里尽是悲痛，声音微微有些颤抖。

"请您节哀顺变。您有任何需要帮助的地方,我们随时都在。贾橦是我的好兄弟,我们都会想念他的。"

乔菲默默地点点头。关门之前,她摸了摸我女儿的脸,然后回到我们身边她的那张椅子上坐下。

"贾橦不是一个人死的。"她突然轻轻地说了一句。

苏珊和我一齐抬起头。

"贾橦不是一个人死的,"乔菲漠然地又说了一遍,"他带着我们的孩子一起走了。"

第十一章

2号行动

几个小时前我们就全都就绪了。看老马那气势,更是恨不得从他出生那一刻就已经准备好了。

"同志们,我相信你们能做到!"从公交车上下来,他就为我们打气。

这条路往前走到头就是镇政府。午餐会正在里面的多功能厅举行。普通百姓自然并未收到邀请。出席的除了镇长本人,还有本地议员和省议会主席白先生。这场看似轻松的美食会,实际上却是一次正式的会晤。镇长希望本地能融入城区,这样更有利于发展。他要竭尽全力讨白主席喜欢。这正是我们实施2号行动的绝好时机。

安东今天不得不坐着轮椅来,老马拄着拐杖,老顾推着助步器,我们保持着这个队列,坚定地朝着目标走去。如果说在这之前镇长他还没把我们放眼里,那么今天这场面以后,他就会知道我们的厉害了。

我们走到多功能厅的窗外,用夹竹桃作掩护,透过大玻璃窗观察里面的情况。他们三十来人,围坐在一张大长桌子四周。桌子的一端,我们的镇长正与省议会主席交谈着。

"大家都有把握了?"小葛脖子上挂着相机,问我们。

"没有。"老马十分肯定,"但不妨碍开始行动。"

"团结一致,并肩战斗!"老顾喊道。

罗丽提醒大家:"保持低调,别太快。"她该不是认为我们会短跑冲刺着进去吧。

我们顺着夹竹桃篱笆走到墙根儿,接着进了楼道。午餐会的一众服务员按部就班地忙碌着,没人注意我们。老马最后一次为大家复习"剧本"。乔菲花了点儿时间才进入角色,坐进安东的轮椅里。接着,我们便上场了。

看到我们,镇长的笑容凝固了,但愿小葛的镜头抓住了这个瞬间。我们按照剧本,一直走到长桌的尽头。乔菲呻吟着,可听起来却更像是羊叫。所有的目光都看向我们。镇长擦了擦嘴角,说道:

"抱歉,这次午餐会不对外公开。请你们周一到我的办公室来。"

罗丽突然哭了起来:

"对不起,镇长先生。我们等不了了。我们几个月前就开始求见,可您一直没时间哪!(她拿起乔菲的手)政府取消了我这位朋友的补助,也不再为她提供膳食,她已经熬不下去了。"

第十一章

这时,乔菲配合着流开了哈喇子。

"可不是嘛!"老顾高声接着说,"而且,这镇上的生活也越来越危险。前一阵我在人行道上竟遇到个大坑,摔了进去!在医院住了两个星期,留下这个大疤这会儿还痛着呢!"

他撩起裤腿,露出 1977 年踢球受伤落下的伤疤。

"还有治安也相当成问题。"安东补充道,"就在昨天,我被几个穿黑夹克的混混袭击,他们居然把我扔在路边等死!到现在我的胳膊还动不了。"

然后我的丈夫着实费力地想抬起右手来,证明自己是有根据的。

省议会主席看着我们,不动声色。我完全无法判定,他是在同情我们呢,还是把我们都当疯子。镇长叹了口气:

"我再说一遍,呃——现在讨论这些既不是时候也不是地方。请你们星期一来见我。呃——"

安东盯着我。我看看周围的人,好几秒钟以后才意识到自己在哪里。老马点头向我示意,是轮到我说话了。我掏空了记忆也没想起我的台词来,只好即兴发挥了。

"镇长先生,我们确实感觉被社会放弃了。我无家可归已经两个月了,这两个月来,我在游泳池洗漱,用夹子抓老鼠果腹,可老鼠也快被抓光了,很快我就不得不对孩子下手了……"

老顾用胳膊肘顶了顶我,让我打住。我可能是演得过了。镇长转身对今天的主宾说:

"白先生,您还记得我跟您说过的古里巷的居民吧?就是

他们。呃——"

白主席理解地点点头。有宾客开始笑了起来。若我们有诚意有自知,这会儿就该承认失败了。但是,到了这把年纪,我们早已摆脱所谓礼仪的约束。只见老马又举起了他的拐杖:

"你小子就庆幸我不会打架吧,否则我打烂你的脸!"

"就是!你等着瞧吧!"老顾边说边转向门口。

"星期一,我在办公室等您几位。呃——"镇长不带任何情绪地又说了一遍。

"那还得看我们想不想来呢!"安东嘴犟。

最后罗丽补一句:

"你别以为自己聪明,小心有一天醒来,长一头的虱子还胳膊短够不着挠!"

全世界都不会忘记我们回嘴的厉害。

我们这才高抬着头,目光骄傲地向门口走去。临出门前,乔菲又转过身对着镇长的客人们,飙了句英文:

"The show must go on(演出必须继续)!"

接着,她猛地扯开裙子前襟,纽扣崩落了一地,裙子顺着双臂滑落下来。全场六十多只眼睛都看着这个年迈的女人,穿着紫红色连体练功服,把拳头高高地举过头顶。

回家的路上,大家都不语。就只听得见老马偶尔的打鼾、老顾沉重的呼吸和罗丽咬得假牙直响的声音。公交车把我们送到绿地前。从这儿通到古里巷的人行道,几十年都没变过。这压进了金属片儿和小石子儿的高低不平的柏油小路,是我们日

第十一章

常生活的一部分,几十年来走过多少次没人能说得清。我不知道邻居们此刻都在想什么,可有一点我敢肯定:大家一定都很伤感。

一进家门,小葛便扑到电脑上。安东跟着我进了厨房。问:

"咱们晚饭吃什么?"

"走之前我做了意大利千层面。"

"啊。"

"怎么你不想吃意面?"

"我吃,我吃。"他说,可眼里却是逗弄人的坏笑,"只是,刚才你跟镇长说起烤老鼠,我承认我馋出口水了。"

第十二章

镇长坐在办公桌后,难掩气愤。紧锁的眉头能把核桃夹碎。

报纸就在办公桌上,上面是小葛的最近一篇报道:《"辉煌八十"开始用餐》。配图选用了穿着练功服的乔菲和对面一众面色惊愕的宾客。

这一次我们拒绝落座,在狄迪对面站成一排,昂首挺胸,等着他发话。

"你们知道我对你们是有感情的,呃——但我的耐心也是有限度的。呃——谁能告诉我,上周五你们到底想唱哪一出?呃——"

"你不喜欢吗?你生气了?"老顾甜得发腻,故作关切地问。

"那我太失望了,我可是尽了最大努力了。"乔菲接着说。

安东几乎笑出声,又把笑强憋了回去。镇长长长地叹了口气:

"我明白大家因为这个规划感到难过,我理解,真的。"

第十二章

他强调"真的"二字,继续道,"说实话,我也难过。古里巷里有我多少的回忆,呃——"

"那就放弃了吧!"老马打断他。

狄迪咂了下嘴,说:

"作为镇长,我必须把民众排在首位,呃——自己放到后面。呃——新建一所学校会有效缓解目前班级普遍超员的状况。呃——我们没有选择。"

"而且当然了这学校不能选其他地方来建!"罗丽咬着牙说。

"我们做了好几个可行性调研,绿地那里是最佳选择。"

这小子总是句句在理,他真的开始让我不舒服了。我向前一步,问道:

"狄迪,你用那些官方理由,真的想让我们相信,这个决定跟过去发生的事没有一点儿关系?"

他应该是料到会有人这么问,立刻开始了一段长长的独白,强调他的公正客观、他真诚为本镇居民服务的决心,强调他在工作中做出的决定不受任何私人情绪影响。我看着这张熟悉的脸,努力寻找着那个常来我家撸猫、一待就是几个小时的小男孩儿,但是我找不到了,那孩子在这身灰色的西服下、在这长长的演讲下,早已消失得无影无踪。

我们正要告辞,他突然干咳一声。干咳一般都不是好兆头。

"我应该告诉大家,我们的规划进展顺利。呃——你们月底之前就会收到一份经济补偿提议。呃——如果大家接受,我

们会帮助各位在镇上解决住房问题。呃——"

"如果不接受呢?"老马愤怒地问。

狄迪轻轻叹了口气,说:

"我强烈建议你们接受。呃——"

回程我感觉比来时要慢得多。小葛肯定是用和来时差不多的速度在开车,但就是觉得花的时间更长。窗外的风景慢镜头一样地掠过,我手表的嘀嗒声也像是在慢放,唯有思绪像脱缰的野马在驰骋。

那么这就是真的了。我们真的要离开我们的房子了。政府的经济补偿是远远不够另买一处独立房屋的。况且,再住独门独院也不太合适我们了。现在这个房子的面积,我们打理起来已经很困难。要买也应该买一套小公寓。我们得开始把我们的家当分门别类,我们离不开的和那些应该舍弃的。我不是看重物质的人,但一想到要扔掉早已是我们日常生活一部分的东西,我就觉得心都要碎了。这些东西,都与我们生命中的某个时期、某个人或某一刻紧紧相连。生活在这些有记忆的物件中间,我感觉踏实。我们真的就要关上大门,要最后一次握住那白色的把手,关上生锈的百叶窗,按下那个我抱怨了无数次没装对地方的开关了。我们就要去那个新的"我们家",握住另一个把手。随我们搬进去的家具在那个新家会待得比我们更久。我们必须也肯定会习惯的。半夜醒来,怀念老家和感到伤感的时候,我们会安慰自己,说那不过是些石头,是些瓦片,又或者,这

第十二章

东西又老又旧,对我们来说也太大了……我们会在被窝里蜷起身体,从脑子里翻出其他想法来盖住这些感伤。

小葛在巷子里停了车,罗丽第一个下了车就往她家门口走去。我紧赶了两步追上她,若无其事地喊她:"罗丽,等一下。"

她回过头,放了一根烟在嘴上夹着。

"是你?你这是有事求我了。"说完,她接着把烟点上。

"你可真是和气……"

"全靠了你这个好老师啊。你想干吗?"

我扫了一眼周围,小葛正帮着安东下车,在他们过来之前我还有几秒钟时间。我凑近她的耳朵低声说:

"我需要你帮我一个大忙。"

她盯着我的眼睛,长长地吸了一口、两口、三口烟,最后点点头:

"要我做什么?"

"你先保证,不告诉任何人。"

她眯起眼睛对我微笑着说:

"亲爱的,你最应该知道我是能保守秘密的。"

1965

上星期的一天,我正在厨房后面晾衣服,一只小猫过来,蹭我的小腿。我摸摸它,越摸它越觉得开心。正好家里还剩一只鸡腿,我拿出来切碎,又倒了一小杯奶给它。

从那以后,它每天都来看我。它从不进屋,安东不愿意家里有宠物。它或是找个椅子坐下,或是就坐在草地上,等我出去。我抚摸着它柔软的皮毛,跟它说话,它有时会喵喵地回答我。我们能这样待上好几个小时。我不知道这是谁家的猫,就近的邻居都不认识它。它全身杏色,我就管它叫"杏儿"。

今天早上,我到门口取面包师傅留下的面包,杏儿又来了。这回后面还跟着一位。

"早上好,马太太!"

马丽和安磊的儿子狄迪在我家院子门口停下,喘着粗气。

"狄迪你好啊!"

"这猫是您的吗?"

"反正它好像挺喜欢来我这儿的。你想来和它玩儿吗?"

这孩子才不需要我说第二遍呢!笑得嘴都咧到耳朵了。他就地挨着杏儿坐下来,温柔地抚摸着它。小猫爬上狄迪的膝盖,尾巴竖起来挠着他的鼻子。狄迪大笑起来。

"我特别想养一只猫,但是我爸妈不同意,说那样我们就没法出去旅行了。"

"他们说得没错。"

他嘟着嘴轻轻摩挲着杏儿的脑袋。

第十二章

"也许吧。但我还是想要一只像它这样的猫,跟我的头发一个颜色。我觉得其他的猫肯定也笑话它呢。"

这时葛琳抱着她的布娃娃走到我们跟前。

"狄迪,小伙伴们会笑话你头发的颜色?"我问他。

男孩子耸耸肩。葛琳在他旁边坐下来。我女儿五岁,狄迪十岁,他俩一直都很要好。

"你知道它叫什么吗?"她问他。

"不知道。"

"它叫'杏儿'。"

"这名字好听。"

"你愿不愿意我当它妈妈,你当它爸爸?"

狄迪看着我,我点点头,说:

"我同意。不过你要知道,当爸爸是有责任的。你每星期最起码得来看它一次。你能做到吗?"

他的笑容简直比脸还要大。

"哦,好,好!我保证,我一定好好对它!"

他把杏儿紧紧搂在胸前,凑近它的耳朵讲着悄悄话:

"杏儿,别担心,我不会让别的猫笑话你的。"

第十三章

罗丽对着前面的车猛按喇叭。

"赶紧的，走啊！唉，我真受不了这些老家伙开车，就该吊销他们的驾照！"

我咬着嘴唇不让自己笑出来。我知道我不该笑，她这会儿确实是在帮我的忙，但我还是忍不住。

"马琳，我能问你个问题吗？"

"你不是刚问完？"

"哈！就你精！为什么要我送你去？"

"因为你有车啊，要不我得倒三趟公交。"

"你外孙不也有车？"

"那倒是，我怎么就给忘了呢！那你掉头，我回去问问他能不能送我。"

罗丽摇头。

"你应该告诉他们。"

"你应该专心开车。"

第十三章

"马琳,你这性格真的太烂了!"

"罗丽,你这口臭得真像个河狸!"

剩下的路程河狸不再开口,车里只有美国黑人歌手阿妮塔的歌声。

停车场在诊所的后面,罗丽把车停在了装卸区。

"你这快递我给送到了。"罗丽熄火宣告。

本来我说她在车里等着就行。结果,我是被我亲爱的邻居架着迈进那道自动门的。

影像科的等候区没人。很快,就听见那位年轻女士叫我的名字了。她拿给我一件病号衣,把我让进更衣室。我换好衣服,摘掉助听器。

年轻的女士扶我在检查床上躺下,又进来一个大小伙子帮忙。我整理了一下病号服,说:

"年轻人,别再盯着我看了,你都快爱上我了!"

他笑了笑,和女同事一起离开了房间。我的床滑进了检查仪。仪器启动了,嗡嗡作响。

我并不害怕。我已经知道结果了。

我八岁那年最后一次见到我的奶奶西蒙。我走进她的房间时,她盯着眼前的墙发呆。我进去后,她看看我,笑着问我是谁。

"奶奶,我是马琳。"

"马琳?这名字漂亮,正好配像你这样的漂亮姑娘!"

我的心像饼干一样碎了。我奶奶忘了我的名字,不记得我长什么样儿,甚至也忘了自己的年龄,忘记了她整个的生活。

最关键的是,她连对人恶毒都忘记了。对我来说,她已经不存在了。

我出来时,罗丽在诊所门口抽烟。

"怎么说?"

"我的医生下周会把结果告诉我。"

她把手放在我的肩上,说:"你真的应该和安东谈谈。"

她真的应该庆幸我没时间反驳她,因为这时有两个年轻人正远远地叫她:

"喂,您就是报纸上的那老太太!没错,我记得,您戴的这副圆眼镜!"

"年轻人,别没教养!我不老,我这是经验丰富。两码事儿!"

他俩扑哧笑了,走到我们跟前。

"我们绝对支持你们!你们不能让他们欺负!"其中一个小伙子说道。

"太坏了,就这样把你们扫地出门实在是恶心!"他的同伴接着说,"他们至少可以等你们死了再……"

我抬手打住他们,说道:"先生们,我叫马琳,很高兴见到你们。看样子你们来这儿是需要移植新脑子的吧?"

"哇!这老太太更厉害,一句话把咱俩直接打趴下!"

"她俩太棒了!兄弟,必须得想个办法帮她们!"

"比如现在就和我们道别。"我建议说。

第十三章

趁着他俩傻笑,我和罗丽赶紧朝车子走去。眼看就要到了,又被他们不慌不忙地赶上:

"喂,两位经验丰富的,我们有主意了!"

1967

这是我们第三次出发去度假。我们的标致404后备箱被塞得满满当当。安东哼着小曲儿,葛琳躺在后座上看书。

第一次,纯属偶然,我们去了布列塔尼的莫佳。后来又去了一次,证明了前一次的灵感是对的,所以假期将结束的前一天晚上,我们决定,以后每年休假都来这儿。

露营地紧靠着海滩。我们把头脑发热时贷款买的二手车停在松树的阴影里。每天的日程都一样:早上,我们把折叠桌子支在太阳底下吃早饭。然后,安东看报纸,葛琳和我去逛市场。我们总是走沿海边悬崖的那条路,虽然远一些,但是一路看着大西洋,景色无敌。一望无际的海面对葛琳来说,就是无穷的可能,令她着迷。

"妈妈,你能想象吗,对面就是美国!你说,现在那边会不会也有个小姑娘正看着这边,想着这是法国?"

"完全可能啊,我的小乖乖。而且很可能她也在问她妈妈同样的问题呢。"

她发誓说总有一天她会去对面的,没准儿她还会找个

美国丈夫,就在那边生活呢!我由着她憧憬未来的生活,又一边偷偷希望,这一切不要实现得太快。她好像知道了我脑子里的想法,每当这时候,总会加一句:要带我一起去,因为我们要永远住在一起。

　　午饭我们有时候在露营地吃。但更多的时候,我们会去海滩野餐,那里有专为放了假来玩儿的游客搭的木头桌子。我做的鱼肉三明治很受安东的喜爱。饭后,我们散步消食,有时候还会买个冰激凌吃。接着下午的时光,我们多半就在沙滩上过。安东和葛琳总是迫不及待地冲进海水里,我一般会多花点儿时间放好我们的衣物,倒不是我真的有多爱整理,我只是比他们都怕冷。在我的记忆中,海水好像一天比一天凉。我站在水里感觉四肢依次被冻僵。在安东和葛琳的鼓励和嘲笑声中,我慢慢让海水没过整个身体。我丈夫告诉我,在水里多待一会儿适应之后就不觉得凉了,但我从来没有待足够多的时间去证明他的说法。我还是最喜欢暖暖的沙子,从那儿看着他俩,把我的记忆塞得满满的。

　　回忆是我最珍贵的财产。我时常想起我的奶奶,她把自己的回忆一个一个地都抹去了。我不能想象,在那个连自己的故事都记不起来的脑子里,会想些什么。刚剪过的草坪的清新气味能让我们感动,不正是因为它让我们想起童年的午后吗?若记不得任何难以忘怀的夜晚,艾拉·费

第十三章

兹杰拉[①]的歌声又怎能令我们激动颤抖呢?如果已经不明白清晨的意义,我们还会想起床吗?如果过去随着记忆消失,那么现在还重要吗?

葛琳在岸边的小海浪里玩耍,眼睛不时地看着在远处游泳的爸爸。他游回来,抱起女儿在浪花里打滚,然后耐心地教她蛙泳。他会给足她时间。他的珍贵的、平日在家里经常不够用的时间,这会儿会毫不吝啬地都用在女儿身上。女儿也会牢牢抓住属于她的每一秒钟,享受着跟爸爸在一起的时光。开心得忘情的时候,她还会突然在爸爸脸上亲一口或是摸一下。

这大概就是我如此珍爱我们夏天假期的原因了。因为他有全部的时间陪伴,因为她有最暖心的微笑呈现,因为这就是我最圆满的幸福。

[①] 艾拉·费兹杰拉:Ella Fitzgerald(1917—1996),美国人,是20世纪最重要的爵士乐歌手之一。

第十四章

3号行动

老马是最后一个同意的。无论什么办法,只要不是他想出来的,就都好不了。乔菲第一个赞成,老顾拍手叫好。安东跟着我表态。结果是,就他一票反对,老马也只好服从了。可等我搞清楚了这个新行动的具体内容后,我又觉得,要是老马当时拦住我们就好了。

背景就选在那片绿地,"辉煌八十"全员到齐,在三棵松树下集合好了。那天在诊所遇到的两个小伙子,巴辛和狄萨,带了他们的一帮朋友,负责服装和道具。小葛摆弄着摄像机,正在做最后的准备。

"大家都有把握吧?"老顾最后一次问我们。

"你知道,我已经不再对任何事情有把握了。"老马看着自己的衣着叹道。

他戴着大盖帽,宽大的T恤衫上印着个满口金牙的人像。

第十四章

老顾认真地练习着他的"耶",脖子上挂着粗大的项链,手上的戒指也是可以用来钉钉子的那种。我的安东则戴着一副遮住了大半个脸的太阳镜,头上还绑了一块印花方巾,裤子肥大到里面藏什么都不会被注意到。女士们当然也没能幸免。罗丽一身豹纹绒面运动装,脚蹬金色球鞋;乔菲的渔网裙子里面是她那件紫红练功衣。我有幸穿了一条窟窿比布料面积还大的牛仔裤,大耳环夸张得可以当呼啦圈玩儿。

巴辛走到摄像机旁,举起一块牌子:

"要是你们忘词儿了,就往这儿看!"他指指牌子。

"字儿可真小!"乔菲很失望。

我忍不住用嘲讽的语气,说道:

"这词儿这么有灵感,我们想忘都难哪。"

"大家放心吧!"狄萨大声说,"我们写的这些词儿,绝对让你们碾压全网。来,第一条,开拍!摄影师,准备好了吗?"

小葛确认:

"就位!"

音乐响起。老顾一等到提示,就开始唱他的那一段。

耶!

我住这栋房

老过你爹娘

当年我入住

还穿开裆裤

接下来是乔菲。她舞动胳膊诠释着歌词。为安全起见,我又退开一步。

　　古里巷我的一辈子
　　镇长你休想
　　当是你妈的大胡子
　　一刮百事了

轮到安东上场了。我真希望今天的表演,不会影响我对他的感情。

　　把我们当垃圾
　　把我们来回收
　　镇长你不该
　　拿我们当保鲜袋

罗丽把运动衣的帽子往上拉起,扣到头上,抬起下巴,双臂往胸前一抱。

　　镇长一拍板
　　咱就该玩儿完
　　要不是这关节痛

第十四章

　　让他鼻青又脸肿

老马摆弄着他的一美元硬币项坠。

　　我们就要家破
　　我们就要人亡
　　谁要动我的古里
　　老子撕碎了你

　　轮到我了。其他人都拍手鼓励，罗丽吹着口哨，老顾随着音乐摇晃着脑袋，安东悄声为我提词。其实大可不必，这样的词儿我根本就忘不了。

　　不再信你的鬼话
　　誓要挽救古里巷
　　姑奶奶我打过仗
　　再来一场又何妨

　　停！
　　我得回家漱漱口。

第十五章

我们那会儿，是不能真正地选择说自己喜欢做什么不喜欢做什么的。事情就分为两类，一类是可以做的，其余的都属于第二类。这第二类里的项目比第一类要多得多。人的性格都被埋在合宜的观念下面。

没想到老了，事情又反过来了。合宜的观念藏了起来，个性都得到全方位展现。尽管经过多年的束缚，野马还是能冲破围栏。而我，发现自己非常享受骑在这匹野马身上。

一直以来，我都认为自己低调不爱张扬。因为父亲总是告诫我："别以为自己多了不得。"我绝对听从，久而久之，我甚至把这种抹杀自己存在的低调算作是我的优势。直至我活到了今天这一把年纪，在摄像机前玩儿说唱，我才发现，我其实很喜欢受人关注的。

对着老马的电脑，我一反常态得意地笑了，想藏都藏不住。是的，要是我的邻居们没说错的话，超过十万人看过我们的说唱视频。

第十五章

"你们火爆了!"小葛欣喜若狂,"好几百条评论!大家都喜欢你们!"

我还从未见过小葛如此兴奋,习惯了他的漫不经心懒懒散散,恨不得一句话正说着呢就能打瞌睡。此刻他喜形于色,像是刚刚才发现了神经系统的妙用。

老顾头,自打那天之后,手上就戴着个骷髅头形状的大戒指,这会儿的高兴更是溢于言表。

"这好消息简直把我砸晕了。"

在这屏幕前,我们都变成了六岁的孩子。

"说出来你们肯定不信!"小葛一屁股坐到椅子上,开始卖关子。

"镇长他放弃了?"老马试探着。

"他辞职了?"老顾更进一步。

"镇长给恐龙干掉了?"又是乔菲!她的脑子怕是也退休了吧!

我外孙这才揭开谜底:本地电视台要为我们的斗争专门做一期报道。过两天节目组就要来录制了。一时间,"辉煌八十"沸腾了。老马不得不躺下来,照顾他那颗老心脏,罗丽即兴起舞,乔菲也是手舞足蹈……我却只对一个节目着迷:在我的安东的眼里,正闪耀着光芒。

1968

从美国回来后,罗丽就开始学习舞蹈。百老汇音乐剧的演员和歌舞明星让她着迷,她坚信自己要是想在大洋彼岸闯出一片天地的话,必须成为歌舞两栖演员。

"亲爱的,你该和我一起去学跳舞!"她一边跳了几步,一边对我说。

我安顿葛琳上床睡觉了,见安东靠在椅子上打盹儿,就来到松树下,找到我的朋友。夏天太阳落得晚,我们常在这时候到松树这里来小聚。

我耸耸肩,不置可否。我从来没有想过自己要参加什么活动。她笑了:

"来吧,马琳,你肯定会喜欢的!"她继续劝我,"一周就一次,周三晚上,不会让你抛弃你亲爱的小家庭太久的。"

"倒不是为这个。"

"当然是啦!马琳,你能不能说出一项你觉得喜欢的休闲活动?"

我不用多想,就开始罗列:

"我打理园子、做饭、织毛线,我还……"

罗丽开始不耐烦地翻白眼:

第十五章

"实在是太妙了,你为心爱的丈夫做美食,还为宝贝女儿做漂亮裙子。"

"你不该这样说的!我喜欢照顾他俩,我乐在其中!"

"好吧,就算是这样。那么我换一种问法:你有没有一项活动、一件事是为你自己,就为你自己开心而做的?"

我低头想了好一阵。我不愿意回答这个问题,因为我不希望让她觉得不舒服。罗丽跟别的女人不一样,她是完全自由的。就我所知,没有哪一个妈妈会离家去参加任何娱乐活动,更别说是要上台表演的项目了。没人这么干的。

我的朋友打断了沉默:

"唉,算了,不用再说这事儿了,很明显安东是不会同意你去跳舞的。"

"我丈夫才不这么限制我!"我很不服气,大声辩解道。

"那你去问他好了。"罗丽有点儿嘲弄地看着我笑了。

我回到家时天已经黑透了。安东还在椅子上,但眼睛睁得大大的。

"你去哪儿了?"

"绿地上,和罗丽待了一会儿。"

"我不太喜欢你跟她走太近。这女的名声不大好。"

我坐到他膝盖上,摸着他的脸颊。

"她人很好,别人怎么说她我不管。"

"可我管啊。"他说着推开了我的手。

我一时无语。安东默默起身,我也只好从他腿上起来。他走向楼梯准备去睡觉。就在他要离开起居室那一刻,我听见自己的声音:

"我想和罗丽一起去学跳舞。"

他停下脚步,并不回头看我。我不敢上前,就对着他的后背继续说:

"一周就一次,在镇上活动中心。学员都是女的,每次课就一个小时。"

没有反应,没有动作,没有暗示。几秒钟里他完全不动。然后才接着向卧室走,吐气的同时带出两个字:

"不行。"

我的肺筒直炸了。心中的愤怒和反抗都被点燃了。是悄然无声的,却是毁灭性的。我不能动弹,同时又像通了电一般。我感觉冰凉地呆立在原处,却已下定决心:下周三晚上,我要去跳舞。

第十六章

　　早上一般都是我先起。披上晨衣，穿上绒拖鞋，先把咖啡做上，再去洗漱。然后，我就到玻璃门前的椅子上坐下，在阳光下看书。这是我一天中最喜欢的时候，尤其冬天更为舒服。

　　可今早我醒来，身边没人。安东坐在起居室的桌边，心事重重的样子。他让我过去。我叫他先等会儿，然后进了卫生间。

　　镜子最是无情。

　　有时候，几秒钟的时间内，我会忘了我的年龄，游走在回忆和记忆里。当眼光扫到镜子里的影像，才发现，一只残酷的手早已把我的皮肤揉得皱纹横生，以前我的头发又厚又密，如今几乎遮不住头皮了；眼睑下垂，脖子上的皮肤耷拉着。我完全没看到，什么时候我已经老成这个样子了。

　　以前我很漂亮，可我却不知道。

　　是现在看照片我才知道的，我看到了那时看不到的。

　　我坐到安东身边时，他没有动，只是费力地抬起手臂，拿住我的手。

"亲爱的，要是你身体出了什么毛病，你会告诉我的，对吧？"

"当然了！怎么突然问起这个来！"

"你向我保证？"

"哎，你累不累啊！"我把手抽出来，"我这不好好的，你要我保证什么？！"

他的眼里突然充满泪水，两腮抽动着。

"你到底怎么了，安东？"

"我爱你。"他轻轻地说。

"我也爱你啊！你到底想说什么？"

"我应该经常告诉你我爱你。亲爱的，只有你在我身边，我才会觉得幸福。"

"哦，亲爱的，你看看我，我像是快死了吗？不啊！那就别犯傻了。要喝咖啡吗？"

他点点头。我站起身，摸摸他的肩，向厨房走去。

百叶窗还关着，我习惯性地打开，清新的空气扑面而来。厨房后面这时没有太阳。我往一个小盘里倒了点儿牛奶，端出去，嘴上唤着"杏儿"。奇怪，杏儿应该过来的啊。往年这个季节，它都会蜷在后院儿的椅子上睡觉。

"杏儿？"

它还是没来。但愿它没出什么意外。

"杏儿，喵喵，过来呀！"

什么也没有。我回到厨房，开始担心起来。安东站在水槽边。

第十六章

他老了,杏儿早就没了。我的丈夫向我张开双臂,我钻进他怀里抱住他,让眼泪流了下来。

1969

将近一年了,我每周一上午都去跳舞。为了不引起安东的怀疑,罗丽找到了另一间舞蹈教室,白天上课。在家里我们没有再提起想跳舞这个话题。上课用的服装我都藏在放脏衣服的柜子里,安东是从来不会打开的。来回的路上,我也是永远都戴着帽子和墨镜,镇上是不缺长舌之人的。

除此之外,我没有向我丈夫隐瞒过任何事。为了减轻我的负疚感,每周一我都非常用心地做美味的晚餐。他什么也没注意到。

年终会演再过几分钟就开始。本来我是决定不参加表演的,因为观众肯定不会少,遇到熟人被认出来的可能性太大了。但是,我的内心深处一直有一种不公平的感受,它就像一棵小秧苗,我作为女人在日常生活中碰到的各种不起眼的阻力都在滋养着这秧苗,1968年发生的动荡更是让它长大,枝叶遍布我全身,有时竟堵得我夜不能寐。我决定不给它机会继续在我体内膨胀。

安东坐在观众席,旁边是葛琳和我的空位。他以为我

在孩子的学校幸运地抽到了三张票。而我却在后台更衣间，整理着头发。

"亲爱的，快到咱们了。"罗丽在我耳边轻声问，"你感觉怎么样？"

"心都跳到嗓子眼儿了。"

她短暂地拥抱了我一下，鼓励和祝贺都在里面了。我们跨出幕布来到台前。

安东坐在比较靠后的地方，不时朝门口张望。来之前我说还有点儿事要干完，会晚几分钟到。他一直在等我。音乐响起，葛琳睁大了眼睛。她拍拍爸爸的胳膊，用手指指我。我的女儿笑了，丈夫没有。

我们先跳了一支麦迪逊舞。就像每个周一的上午，我让双腿随着音乐，带我舞动。然后是一段扭腰舞。所有人都在看着我们，我丈夫像是凝固了，但我一点儿也不觉得害怕。在乐器的伴奏下，在一起学跳舞的朋友中间，我觉得自己是自由的。薯仔舞的乐段响起，这是我最喜欢的一段舞步，跳着感觉整个人都飞起来了。我看到安东站起来，拉着葛琳的手往外走，弄得邻座的人也只好起身让他们。我停下转头看向罗丽，见她保持着笑容微微摇头。我闭上眼睛，深深地吸了一口气，又继续跳起来。

我回到家时，葛琳已经睡下了。家里很安静。安东坐在椅子上，我拖过一把椅子坐在他对面，问道：

第十六章

"为什么不看完就走了?"

他不回答,眼睛盯着我身后的某个地方。

"亲爱的,我想过无数次要和你谈谈,但是,我知道你会是什么反应。"

"所以你更愿意让我在大庭广众前下不来台。"

"我让你下不来台了?"

"而且还对我说谎。"

"我很抱歉你这样看这件事。……我不想让你难受,我只是想跳舞。你和小顾一起钓鱼,和同事一起打网球,我为什么就不能有一项活动呢?"

他摇摇头,说:"因为你是我的妻子。"那语气,似乎一切都顺理成章。

听了他的回答,我感到肚子里好像打了结。

"安东,这不公平!你没看到,就在我们的身边,大家的观念都在改变吗?乔菲玩儿高空秋千,贾樟那会儿也没说什么,布岚在学丝绸绘画。而且在我的舞蹈班里,至少有五个同学都是结了婚有家庭的!"

他长长地叹口气,说道:

"我要保护你,这是我的责任。你不幸福吗?不满足于我们的小家庭了?我拼命挣钱,我们日子过得很好,你还觉得不够吗?!"

好几秒钟里,我们就这样紧紧盯着对方,无声地较量着。那个让我全身堵得慌的不公平的感觉,已经浸入我的血管。我受够了无条件的服从,受够了别人来告诉我该怎样不该怎样。今年34岁的我,头一回要为我自己做主。

"我亲爱的安东,我是个幸福的妻子和母亲,这你是知道的。你是个顾家的好丈夫好父亲,最重要的是,我爱你。你幽默,正直,宽容,有同情心。我喜欢和你聊天儿长谈,一起开怀大笑;喜欢我们配合默契;喜欢每天都在你身边入睡,又在你身边醒来。我喜欢你的声音、你的爱抚,喜欢你在椅子上打盹儿的样子,喜欢我用吻把你唤醒,喜欢你看我的眼神和我们一起做的规划。我珍惜我们能在一起的缘分。我尽力把我们的小家操持得舒服温暖,这一点我相信你不会不同意。今晚的事情让你生气,我很抱歉。这会儿我要去睡了,希望明天你会感觉好一点儿。你愿意的话,我们可以再找时间谈这个事情,但我是不会改变主意的。舞蹈课夏天放假。开学后,我要接着跳。现在,亲爱的,晚安。"

第十七章

"嘘,开始了!"

我们都坐在老马的起居室里,盯着电视机,等着采访我们的报道开播。我还从来没见过这么大的屏幕,现在我知道为什么老马有颈椎病了。

摄像机先是在巷子里,拍了我们的房子、院子,然后拍了绿地,画外音回顾了我们这场抗争的来由。在我们的说唱视频片段之后,是对镇长的访谈。老马看得起身要砸了电视,还好及时想起这机子是他自己的。等到屏幕上出现了我们大家在绿地上围成半圆的画面,老马又坐了下来。

录制报道那天,当我们几个来到松树下与小葛及电视台记者见面的时候,从我外孙的眼里,我知道我们可能搞得夸张了一点儿。就因为小葛说我们应该盛装接受采访。结果,观众们恐怕都是头一回见识如此隆重的八旬老人。

男士们一律都穿了三件套西装,老顾甚至还翻出了他的燕尾服。乔菲把她所有的首饰都戴上了。指头不够用,有几个戒指就当项坠挂在了脖子上。罗丽化的那浓妆，那眼影，不知道的还以为她路上不幸遇到了拳王泰森呢。我踩在高跟鞋上，每走一步都有可能摔倒。为避免不测，老顾把他的助步器借给了我。

"你们为什么非得要留住自己的房子呢？"记者问我们。

"我们所有回忆都在里面啊！"老顾第一个回答，"我的孩子们在这里出生，我的妻子在这里咽下最后一口气。我也要从这里去见上帝。"

"镇长已经明确表示，他完全理解大家的不安和抵触，但认为应该将孩子们的未来摆在首位。对此你们有什么看法？"

记者把麦克风递给罗丽。这显然不是个好主意。

"亲爱的，大家都知道这不是真正的原因。这是镇长自我意识的膨胀，是他对权力的欲望。"

记者惊得脸色都变了。老马把麦克风抢了过去。

"镇上的确需要建一所新学校，对此我们毫无异议。但是，只要去查查可用土地目录，大家就能看到，可以用来建学校的地段不下十处。为什么非得选在古里巷呢？"

"我们都知道为什么。"乔菲一副了解内幕的样子。

记者的眼睛开始泛光，随即把麦克风递给了她。

"我没有更多细节可透露。但是您允许的话，我想向镇长说句话。"

"请讲。"

"狄迪，好孩子，该迷途知返了。你知道，过去的事情，

第十七章

无论怎样都抹不去了……"

怕她打不住,安东直接把话头抢了过去:

"我们只是想在自己家里度过最后的时光。我们一辈子辛辛苦苦,不就是为了自己经营的家能为我们遮风避雨到最后吗?这个时候把我们赶出来,还是人吗?"

记者对我丈夫表示了感谢,又转向乔菲:

"您刚才提到的'过去的事情',是指什么呢?"

"没指什么。"老顾再次抢答,"都老掉牙的事。哎,我说,你们知道为什么大象不喜欢电脑吗?"

报道的最后是对这个片区其他居民的随机采访,有些人站在我们这边,有些人支持镇长。后者让老马火冒三丈。

他关掉电视机,站到我们面前,总结道:

"同志们,我们都表现得不错!"

"那是!"我禁不住自嘲,"讲讲愚蠢的笑话,同志们确实不错!"

"看来马琳是受惊吓了。"罗丽一边从烟盒里抽了一支烟出来,一边讥讽我,"我记忆中你可是比这皮实呀。"

我决定采用非言语的沟通方式,脚正要向她的小腿踢过去,老顾挡在中间笑着说:

"因为它们怕老鼠!"

所有的眼睛都看着老顾,所有的人都一头雾水。

"大象!大象不喜欢电脑,因为它们怕老鼠(标)啊!"

1971

我很想罗丽。我还是喜欢跳舞,而且现在变成一周去两次,安东什么也没说。但她不在,我感到有点儿空荡荡的。

上周她还给我写信,讲述她在美国的经历。她先是在纽约的街头与一个爵士乐队合作演出,结果被一个经纪人看中,把她带到了百老汇的音乐舞剧中。

"我没拿到有分量的角色,但还是有几秒钟的独唱。而且,每周日我都代替主角上场。亲爱的马琳,你想不到我现在有多幸福。我终于实现了一直以来的梦想,而且,现实比想象得还要美!服装别提有多漂亮了,观众不停地送花给我们,我感觉自己像个公主!当然,女演员之间必定有钩心斗角,但你了解我,我也不是好欺负的。前一阵有人故意把我的裙子扯开线了,让我没能上场。我知道是谁干的,不过没有马上声张,等她放松警惕不再提防了,我偷偷把她陶瓷喷雾瓶里的香水换成了中国黑墨水。"

每次读她的信我都会笑。她本来计划在美国待半年的时间,已经快到了,但我感觉她不会按时回来,会延期。我为她感到高兴,自己却又觉得难过。她不在的时候我帮她拿信件,去她家开窗透气,有时我也会坐在她的厨房里喝一杯咖啡,或是在她家看一小会儿电视。总之我不时地

第十七章

为这个她按下了暂停键的房子带去一点儿生活气息。

她走后我常常和苏珊还有乔菲在一块儿,我也很喜欢她们,我们也成了朋友。但是,和她们的关系,不像和罗丽那么能交心交底。

学校的铃声把我叫回到现实中。葛琳像平常一样,最后一个走出来。她飞快地亲了我一下。这个年龄的孩子在外面都不再愿意黏着父母了。我们一起回家的路上,会互相汇报一天的经历。可今天,葛琳显然有心事。我们走到绿地上的时候,她对我说:

"妈妈,米拉的妈妈把她的画画本子全撕了。"

"是吗?!"

"真的!"她沮丧地确认,"她在学校没考出好分数,她妈妈就这样惩罚她。米拉除了哭一点儿办法也没有。我和莫妮卡一起安慰她,用白纸帮她又钉了一个本子。可这也代替不了她以前画的那些啊!她妈妈真坏,我可不愿意当她的女儿。你比她好一百倍!"

我笑起来,被这突然的表白感动到了。我女儿继续说:

"真的,你是最好的妈妈!我将来不要嫁人,要一直跟你和爸爸在一起。"

"亲爱的,你会改变主意的。"

"我才不会!我向我的布娃娃发誓!"

我摸了摸乖女儿的头发,一段儿时的记忆浮现出来。

一次,我那时的好朋友阿黛来我家住了一天。我们正

在草地上玩儿，两个大一点儿的女孩子过来冲我们喊叫，凶我们，其中一个甚至动手揪我的头发。我和阿黛奋力挣脱跑回家，想从父母那里得到安慰。我把事情经过告诉我父亲后，他叫我走近点儿。我照办了，以为会得到他少有的安抚。没想到他突然使劲抓起我的辫子，问："她是这样揪的吗？"我痛得腰都直不起来，羞辱难当。我跑回自己的房间，阿黛很抱歉地跟在后面。过了一会儿，我妈妈进来说："你知道爸爸不喜欢爱哭的孩子。"我什么也没说，心里开始数着还有多少天才能成年。

第十八章

小葛发誓说他告诉过我。但他肯定在撒谎。他老婆要带着两个孩子到我家来过周末这种事儿我不可能忘记的。而且,就算他真的跟我提过,那意味着我得先同意他们才能来。我是绝对不可能同意的。

他们进屋刚一分钟,我就已经想把自己关进柜子里不出来了。小葛每周在我这儿住两天,现在又要加上他老婆和孩子,我干脆另找地方住算了。

他老婆叫马萝。两个孩子都跟我差不多高。大女儿脸上长满了青春痘,我都怀疑她是不是往脸上抹了化肥。老二是个儿子,前额的头发恨不得要盖住一半眼睛。这是我第二次见到他俩,几年前小葛带他们来过一次。

"太婆,我们住哪个房间?"老大问我。

你再叫我一次太婆,我就让你们都住棺材盒子里。

"你俩去楼上那个蓝房间。"小葛替我回答,"我带了充气床垫,肯定好玩儿又舒服!"

"好棒啊,"老二甚为不满,"就差露营地了。厕所是蹲坑吗?在哪儿?"

他们上楼的动静大得我整个房子都在抖。我转身看着安东,他傻呵呵地笑着。他这人真是奇怪,岁数越大越是冷静。亏得我们这岁数已经没多大增长空间了,要不再过几十年他肯定出家当僧人。

"照他们这节奏折腾,咱这房子都熬不到政府来拆。"我说。

"我相信你也很高兴见到他们。"

"哼,让我很高兴的是:发现你和我结婚都六十三年了,还是不了解我。"

他嘴角笑了笑,说:"亲爱的,我可比你想象的更了解你。"

晚饭简直是场灾难。孩子们和爸爸一样话多,我做核磁共振也没觉得有那么多噪声。

那个马萝,甜得腻人,再多一会儿我就能得上糖尿病。"你们这房子真可爱,外婆!还有这花园,那么多树,加上这剪得整整齐齐的篱笆!你们真是园艺高人哪……"我要起身去冰箱拿甜点时,她噌地站起来,按着我的肩膀让我又坐下:

"您坐着,您坐着,我去拿!"

我还没来得及反驳,她已经走出了饭厅。安东不作声,只是盯着我,我能看到他内心的狂笑。我慢慢站起来走到厨房。

"外婆,小盘子在哪儿?"

她那脸咧得比我屁股还大。我打开一个橱柜门,拿出一摞

第十八章

小盘子递给她。她接住了,我却没放手。

"谢谢太婆。"

"客气了,孩子。告诉我,你知道唅西吗?"

"不知道,太婆。是什么?"

"唅西是非洲埃塞俄比亚南部的一个偏远部落,因为妇女穿透下嘴唇放置盘子的古老习俗而闻名。"

"哦,对对!我在电视上看到过!不敢想象那样有多不方便!"

"是啊,一定很恐怖。要是你不得不忍受这种穿透下唇的折磨的话,我会非常难过的。"

"我怎么会?!"

"那你听好了,要是你再这样像我得了老年痴呆症一样跟我说话,保不住就会有一个盘子放在你的下嘴唇里。"

直到我回到饭厅,马萝都还没想明白是怎么回事,呆立在原地,一只手拿着那一摞小盘子,另一只手攥着小勺儿。小葛照常在接电话,孩子们埋头看屏幕。

"奶奶说亲我们一大口!"小葛一边挂断电话一边转告大家。

没人有反应。

"她也说要亲你们。"他看着我和安东又加了一句。

我不回答。我女儿要是想亲我,她是知道我住哪儿的。

"她真的是个好奶奶。"马萝高声说,她终于回到了自己的座位上。"她从来不忘记孙子孙女,一有机会就接他们放假,

或是经常打电话。要是所有的长辈都像奶奶那样就好了！"

她说话时全程盯着我的眼睛。嘴角挂着的微笑，在眼里却没有。很明显，马萝向我宣战了。

1973

我还记得小马提议大家在园子里种上篱笆墙的那天晚上。那是开春后不久的一天，寒冷的冬天终于过去了，我们一起在绿地上野餐，享受着初春的阳光。

已经是少年的葛琳正跟苏珊和小顾的女儿方娑和儿子艾柯玩儿捉迷藏。艾柯一出生葛琳就喜欢他，并且把教给他生活的真谛视为己任。艾柯看着比自己大三岁的葛琳，满眼都是崇拜和欣赏。假如命运对我更优厚，让我能有第二个孩子的话，葛琳一定会是一个最称职的大姐姐。每次想到这个，我都会觉得心被刺痛一下。她自己却并不感到任何缺憾，小艾柯完全满足了她对手足情的渴望。她跟方娑之间的关系，起落则比较大。她俩在孩童时期有多么相似合拍，进入少年后的不同就有多么明显。这两个姑娘常常争吵，都是过不了多久就又和好了。从小玩到大的关系的确牢固不容易破碎。

狄迪就快满十八岁了，他开始留小胡子，可那双眼睛却还透着稚气。看得出，他这会儿也想找棵李树爬上去躲

第十八章

起来,可是这个年纪该有的矜持和稳重又让他不能去爬,更糟糕的是这会儿小马和布岚的双胞胎女儿卡蒂和索菲也在场。有一天,狄迪在我院子里撸杏儿的时候,告诉我他喜欢索菲。"她个头儿是比我还高一点儿,但我发誓一定要娶到她!"此后,他就常常在过来看杏儿的时候跟我讲索菲小姐的种种优点。直到有一天,杏儿不见了。我们到处找它。狄迪拿勺子敲着碗,边走边叫它的名字,我走遍了附近的每一条街,把每一个院子和每一辆汽车底下都看了个遍。这只杏色的猫,就像它来时一样,又无影无踪地离开了。之后,狄迪就没有再来向我吐露过心事了。

"前不久我们去我哥的新家吃了次饭。"小马说,"他后院种了一圈儿柏树,当作围墙,感觉特别好!我们打算也弄个这样的篱笆。现在不少人去镇中心的时候都走我们这个巷子,这里不再像过去那样是世外桃源了。去年夏天,我两个女儿本想在院子里晒太阳,结果不到十分钟就不得不撤回屋里,过路的人太多了。"

"我们也有这想法。"苏珊一边把她做的鸡肉三明治分给大家,一边说,"我家窗户对着这绿地,好奇的人随便就能朝里看。只是,小顾担心种上树后打理起来麻烦。"

"其实一点儿也不麻烦!"布岚告诉大家,"一年修剪一次就够了,天旱了才需要浇水。我看他哥哥家那效果确实不错。你们要是也想弄,我家小马找了一个农民,搞苗圃的,要价还算合理。我想,我们好几家一起买的话,

他肯定会再给优惠的。"

安东征求我的意见。我没意见。我喜欢绿植喜欢葱郁。虽然更偏爱有花的树,但在我的园子里种些松柏,我也是完全没意见的。

这一切都是三年前的事了。如今我天天都在后悔,当时要是多考虑下后果就好了。

柏树在我们几家之间长大了,成了密实的绿植围墙。从我的起居室往外,我看不到绿地了,看不到日落了。早上,从厨房的窗户,我也没法和罗丽打招呼了。我也不能再目送安东走到街上的拐角了。看不见小顾蹬上自行车去上班,也看不见安磊的女神汽车和他儿子的笑容了。

我们还继续在绿地上聚会,可那篱笆为我们画出了边界。古里巷不再是一个整体,而变成几幢独立的住房。篱笆也给我们的友谊装上了隔断。

第十九章

  我准备好了早餐。我家不常有客人，所以我希望给他们留下难忘的印象。一大早大家都还在睡觉，我就去了面包店。这会儿，我把新鲜的面包在起居室的饭桌上摆好，从冰箱里拿出了黄油和果酱。咖啡已经做好，在咖啡机上保着温，整间屋都飘散着咖啡香。等孩子们起来，我再去给他们做点儿热巧克力。

  如果说有什么东西让我放不下，那就是我的名声了。我和外孙媳妇的关系，基础显然已经不太好了，但我不想让人说在我家做客的待遇比不上在别处。我注重细节，细节往往能让人胜出一筹。

  听到楼梯上有脚步声，我便开始点火煮牛奶。

  小葛过来抱了抱我，他儿子来亲了我的面颊，女儿腼腆地冲我笑了笑。他们的妈妈双手放在胸前：

  "哦，太婆，您真好！其实真不用那么麻烦的。"

  我摇摇头，不太好意思了。

  "这没什么，很正常的。小葛，要喝咖啡吗？"

我的外孙点点头,脸上一副难以置信的样子。

"你呢,马萝,也要吗?"

"好的,一杯咖啡。谢谢外婆!"

"你们先过去坐吧。我弄好了一块儿端过去。"

我的客人听话地过去了,我把热饮倒进杯子端了过去。

"咖啡来啦!小葛的一块糖,马萝的没放糖。"

"有热巧克力吗?我饿死了。"他们的小儿子问。

"我这就去拿。"我一边说一边又往厨房走。

等我再回来,安东坐在桌子的一头,他平常坐的座位上,一脸小心地看着面前的这一出。我在另一头坐下,更方便看戏。

马萝怕烫,等咖啡稍凉一点儿,她端起杯子喝了一小口,立马又张开嘴,全喷到了防水桌布上。

"你没事吧?"小葛关切地询问,"是呛着了吗?"

马萝的眼睛直盯着我,拿纸巾慢慢地把桌布擦干净。突然向我咧嘴笑着说:

"真是抱歉,外婆,我搞得到处都是。"

"我看到了。"

"我真是太不好意思了!我不希望给您留下不好的印象。所以,我决定在这儿多住一天,让我们有更多时间和机会相互了解!"

小葛高兴得要跳起来。孩子们盯着自己的屏幕,没有任何反应。我起身离开了饭桌。

"原谅她吧,这幸福来得太突然了。"我听见我那个叛徒

第十九章

老公打圆场。

他跟着我回到房间,笑得眼泪都快出来了。

"哎呀,我的天哪!亲爱的,我敢说你碰上硬骨头了。"

"很荣幸为你献上这出戏。我告诉你,这事儿还没完,我这儿还轮不到那个'马傻帽儿'来发号施令!"

安东笑得更厉害了。他用手撑着腰,眼泪干脆流了出来。我已经很久没有见过他这样开心了,真希望这一刻能永远继续下去,让他不再有难过的时候。慢慢地,我感到他的快活正在感染我。我用尽全力抗拒着。但是没有用,他这会儿的开心是高传染性的,我的嘴唇放松了,眉头也松开了,接着咧了咧嘴,然后微笑,再然后就大笑起来。

三声干脆的敲门声,不等我们回答,马萝推开门进来了。

"我们能谈谈吗?"

"我能说不行吗?"

"恐怕不能。"

安东赶紧躲开。她站到我正对面,说道:

"我不想介入你们家的事。我知道我在这里不受欢迎,说实话,我根本不在乎。但有一件小事您应该知道,那就是,您的外孙,我的丈夫,他非常爱您。他经常跟我讲他小时候和您怎样亲密无间。您照顾他,带他去度假。您教他做饭,教他跳舞,教他种花儿,你们在一起无话不谈。我不知道后来发生了什么,我也不需要知道。但我认为小葛他有权知道。您从来不给他打电话,他打给您时,您总是在忙。他很难过。他很想您。所以,

您可以在我的咖啡里放盐,或是把盘子放我嘴唇里,随便,但我还是要告诉您,不管您这态度的原因是什么,您都是个可悲的外婆,一个可怕的太婆!"

她深吸一口气,又慢慢吐出来。我跌坐到床上,思绪乱飞,各种影像在我眼前轮换叠加:我抱着童年的小葛,我奶奶对着我大喊大叫,葛琳在蔷薇花旁帮我梳头,我母亲对我漠不关心。马萝明白这会儿等不到我的回答,就转身离开。在她要跨出房门的时候,我终于找到一句话接上:

"下一次,我会再加点儿胡椒。"

1975

我的母亲去世了。我没有哭。这次是她的身体老化停止了运转,其实她早已在十年前我父亲走那天就停止了生活。

我母亲简直就是痛苦本身。一直非常虔诚的她,决定不再祈祷,就为了终极的惩罚早一些到来。

母亲后来到北方与我姐姐露丝同住。安东、葛琳和我一起坐火车前去参加葬礼。

奔丧是悲伤的,同时这次旅行又是愉快的。自从姐姐露丝定居在与我相隔甚远的北方后,我们每月都通信,我一直非常想念她。这次看到她和丈夫还有两个儿子一起生活得非常幸福,我的心也被幸福充满了。

第十九章

我们在那里待了一周,临走时都答应对方要尽快再见面。她递给我一张他们的全家福,说:"亲爱的妹妹,想我的时候,你就看看这个。"

回到家,我干的第一件事,就是把照片装进相框,摆在起居室的餐边柜上,旁边是她结婚时我们拥抱在一起的留影。然后,我又找出来一张我父母的合影,一起都放在那儿。

我没有了父母,不再是谁的女儿了。

今晚,我感到特别渺小,特别孤单。

安东察觉到了,对我加倍关心。葛琳一秒钟也不离开我。我们三个挤在一起,看连续剧《保尔和维姬》的最新一集。我们喜欢挤在一起看电视,这本身没什么特别的,但今晚这一次,我永远记得。

夜里两点我醒了,满脸泪水,心跳剧烈。我猛地转过身,伸手去摸安东。他在那里,呼吸平稳。刚才的梦中,他没了。

我的这个突然的动作,把安东弄醒了。他打开灯,问道:

"亲爱的,怎么了?"

我扑进他的怀里。

"我做了个噩梦。太可怕了,你不知道……亲爱的,你向我保证永远不会死。"

"你知道,我没法向你保证这个。"他一边抚摸我的头发,一边轻声说。

"我不管,你保证!"

他捧起我的脸,在上面印满了吻。

我刚才的噩梦太过真实,我一时无法自拔。我梦见安东死了,我也像跟着死了。我在家里游荡,对着这雅静说话,拿出他的衬衫寻找他的味道,挖掘我的记忆,寻找他的声音。我就像一个掏空了的信封,没有了情感。他不在,是无法忍受的,为了换来再和他一起待哪怕一分钟,我愿意做任何事。用最后的这一分钟,不光要见到他,我还要看着他;不光要听到他的声音,我还要一直听着他;我要触摸他,感受他。用这最后的一分钟,我要把所有这些感觉牢牢抓住,永不遗忘。

我想起我的父亲和我的母亲。我希望我永远不要经历那种空无。

"安东,我爱你。"

"我也爱你。"

我坐起来,看着他说:

"我是真的爱你。"

"我也是啊,亲爱的,我真的爱你。"

"我有很重要的话要对你说。你让我说,不要回答,因为我知道你会怎么回答,我不想听。你保证:让我说,不要回答。"

第十九章

"我保证。"

我想把脑子里的词理清理顺,但是它们就这样蹦出来了:

"没有你,我一天也不想活。如果你走,我也走。我发誓。"

他真的没有回答我。我久久地吻了他,然后躺下,拉上被子,立刻又睡着了。

第二十章

"脸书上的关注简直爆表了!"

老马到总部和大家开每周例会时,兴奋得眉飞色舞。他拿着手机,比手画脚,嘴里冒出好些我搞不懂的词儿。从其他邻居空洞的面部表情来看,我敢说他们也都没听明白。

"您先喘喘气儿,再好好跟我们解释。"罗丽对他说,"瞧您那脸红得跟个狒狒屁股一样。"

老马照办了。他坐下来,歇了几分钟(确切地说是十二分钟),总算是平静下来。然后开始向我们汇报最新战况,顺带着努力帮我们恶补最新的流行词汇。我开始明白了:我们决定抗争的一开始,他就在脸书上用"辉煌八十"的名字注册了一个账户,这样脸书的其他用户都可以随时通过点赞来表示对我们的支持。我们的说唱视频上线前,有十来个人支持我们。在此刻我写下这段话时,"辉煌八十"竟然有超过二十万的点赞。

"简直不敢相信!不断有人给我们留言。还有些我们认识的人。你们还记得那个钉马掌的铁匠,老古头儿?"

第二十章

"天哪,我当然记得他!他那双手,我情愿变成一匹小马!"

"他也给我写信了。他现在住在教堂后面的燕雀养老公寓。说他那儿的人一直都在关注我们的近况,就像追连续剧《爱情火焰》一样。他们都站在我们这边儿!哎,怎么没见乔菲?"

"在医院呢。"老顾答道,"她去为住院的孩子们念故事了。"

"啊,是吗?!"老马很吃惊,"我都不知道。她做这个多久了?"

"不太久,二十年而已。不过最近几个月她去得比较勤。"

这事儿我本来知道,但是给忘了。还有老马每周日都去为慈济食堂做义工,老顾喜欢北欧式双杖健走,罗丽仍在百老汇很有名。这几十年,我们虽照旧隔壁住着,却断了往来。

密实的柏树篱笆冲淡了我们的邻里关系。那场事故让我们彻底失去了彼此。

"长话短说,那老古头儿的信,让我又有了一个想法。咱们本地不能只有燕雀养老公寓的住户支持我们。我要在脸书上发起呼吁,如果一切如我所料,就该是时候进行咱们的下一个行动了。"

1975

又是年终会演的时刻。上台前罗丽最后一次检查我们

的发型和头饰。今年是苏珊头一次参加演出,看得出她很紧张。

"我很想告诉你:没事不用怕,"我试图安慰她,"可说实话,我跳了六年,还是一样紧张。"

"真不知道你们到底在怕啥!这儿的人又不会向你们扔西红柿!"罗丽很放松。

我推她一下,笑着说:

"是啊是啊!咱们的大明星在最难登上的舞台上都唱过,这点儿小场面算个啥!"

"那是!"罗丽顺着杆子往上爬,"那你们还不赶快向大明星行礼致敬?!"

最后罗丽在纽约待了三年。她很快就成了歌舞剧主角儿。她的嗓音,她的幽默,还有带法国腔的英文口音,让她成了百老汇的宠儿。她每周都给我写信,倾诉她实现梦想的幸福,讲述她每晚都登台表演、得到观众喝彩和同行赞美的愉悦,也诉说自己的孤独。

"大家都喜欢我。我有不少朋友,对我关照有加。但大家又都对我一无所知。对他们来说,我是萝西,是那个爱嘲讽、会挑逗、正当红的法国女歌手。没人关心我过得好不好。镁光灯越亮,投下的影子就越黑暗。"

她的歌舞剧过时了,更年轻更雄心勃勃的女歌手开始引起大家的关注。罗丽便把她的美国梦收到箱子里,坐上了回国的航班。我去机场接到了她。

第二十章

我们前面的那组跳完了,下一组就是我们。

我没有说要安东来看演出。前三年我都请了他,他没来。他没有不让我跳舞,我应该知足了。

幕布拉起,我的眼睛在观众席寻找葛琳。她每次都来看,坐在第一排。她自己不喜欢跳舞,但有时候她会陪我排练,还会给我提出意见和建议,会鼓励我。我也帮她报过名,叫她一起学。但她几乎是哭着上完那堂课。她更喜欢和小弟艾柯还有狄迪去镇上的游泳池,或是跟着钉马掌的老古头儿学骑马。

我眼光扫过已经坐满的第一排,没看见葛琳。罗丽拍了拍我的肩膀,示意该我们上场了。她又用下巴指指大厅深处。我女儿在那儿,冲我招手。我的丈夫坐在她身边,对我眨了眨眼。

随着音乐我舞蹈起来,比以往任何一次都投入,我简直飞起来了。在安东的注视下,在葛琳的笑容里,我忘情地、用我的生命在跳着。我已经不需要大脑指挥,身体本能地自由地表达着,我感到是我的灵魂在舞动。

掌声响起。苏珊的眼泪忍不住掉下来。她亲爱的小顾在观众席上也是热泪盈眶。安东微笑着鼓掌,葛琳更是站了起来。

回到更衣间,我的腿还在发抖。罗丽久久地拥抱了我。然后,我迅速地换好衣服,出去找我的家人。

"他们走了。"正在等妻子出来的小顾告诉我,"我

也很纳闷儿他们没留下来等你。但安东看上去确实是有事的样子。"

我的失望几乎压过了刚才看到他们的欣喜。那么着急走,何必要来呢?我能想象安东嘴角的笑容,他一定是不喜欢。

整个回家的路上我都在琢磨这事。罗丽更是气得要炸了。要是我的丈夫这会儿掉她手里,肯定会被她打得乱跳。

家里静悄悄的,到处都关着灯。我突然担心起来。晚饭时间早已过了,我应该是看到饿坏了的丈夫和女儿正等我把下午做好的饭菜拿出来热才对啊。

我打开起居室的灯。饭桌摆好了,我最喜欢的花瓶里插满了玫瑰花。收音机打开了,皮亚芙唱的《玫瑰人生》响起。我站在屋子中间,背后传来笑声。我转过身,丈夫和女儿从厨房出来。

"妈妈,你坐。我们给你做了名副其实的大餐!"

这时,安东露出了我最爱的笑容。

鸡肉煮得有点儿过了,土豆还不太熟,但这是我这辈子吃过的最美味的晚餐!我女儿将来可能会埋怨我没有教她做饭,像我的妈妈和婆婆教我那样。这几年世风在变,但大家还是认为妻子应该喂饱丈夫。我也经常犹豫要不要把我做饭的方法和窍门儿传给葛琳,但好像她完全不感兴趣。我也不想强迫她。比起烹调来,她更喜欢花儿、文学和天文,所以我决定,鼓励和帮助她开发自己的兴趣爱好。

第二十章

快要满十五岁的她,已经会扦插玫瑰花,读了雨果、司汤达和巴尔扎克的全部作品,还知道天上所有的星系。可就是还做不熟一个鸡蛋。

"你在台上太漂亮了!"她第三次告诉我。

我享受着女儿的赞美。到这个年龄,对我们的爱她只会在家里在最亲密的时刻才表达。

"谢谢,亲爱的。"我对她说。

"你不觉得吗,爸爸?"

安东擦了擦嘴,点点头。到现在他还没有对今晚的演出发表任何评论。

"乖女儿,妈妈一直都漂亮。但今晚,她不仅仅是漂亮,她简直光芒四射。"

第二十一章

4号行动

星期六，镇上大型综合超市的停车场照例爆满，有的车子甚至一侧轮子骑着停上了人行道，还有些停在绿化带边上，车子的喇叭声、人们的口角声此起彼伏。只有当一个车位空出来时，才能稍微消停一丁点儿。所有人都着急火燎。看吧，这位秃头大哥明明买了一大堆东西，付款时却非要去买最多十件商品的快速收银通道。而那位红头发的大姐，看着服务员一边跟人聊天儿一边帮她处理剑鱼，急得干瞪眼。还有这位身材矮胖的，行进中不是撞着这个就是碰着那个。而那个年轻的妈妈，在糖果货架旁终于耐心耗尽开始爆发。还有正在排队付款的这一对儿，发现孕妇站到他们身后，竟然看向别处假装没瞧见她。大家都只想尽快逃离这喧闹、这热浪、这人群，这里简直就像是地狱，多待一秒都是灭顶之灾。

我们进场时，刚好下午三点。

第二十一章

我们一致同意选定周六下午的这个时间点行动,因为这个时段的影响面最大。

队伍的前排是老马、乔菲、罗丽、老顾,还有我和安东。我们的身后,跟着九十三个七十二岁到一百零三岁、准备豁出去了的老人。大家人手一个购物车,老顾说这样能最大限度地占领空间。

保安看着我们这一拨儿人潮缓慢地涌向超市的入口,身体虽然保持着冷静,眼里却早已掩不住焦虑。

"您几位需要帮助吗?"他走到我们面前问。

"谢谢你,小伙子,不用了。"老马回答,"就是平常买点儿东西而已。"

"今天鸡肉大减价!"乔菲补充道。

我们尽可能慢地走进了大门,其实慢对我们中相当一部分人来讲根本不是什么挑战,反正他们在行进中也像是静止画面。进门之后,我们便按计划分散开来,行动正式开始。没有一个购物通道能够幸免。安东、乔菲、罗丽和我负责 DIY 工具区。乔菲把购物车扔在过道中间,专心欣赏起各种胶带来。

"年轻人,"罗丽向一位顾客求助,"你能帮我把上面那把红色的螺丝刀够下来吗?它实在是放得有点儿高。"

那顾客照办了。

"哎,谢谢,你真可爱。啊,我搞错了,我本来是想要那个灰色把手的。"

那顾客把第一个放回去,拿起她说的第二个。

"不，不，右边的那一个。"罗丽继续指挥着。

年轻人明显开始不耐烦了。罗丽决定在这个时候再神补一刀。

"你知道，亲爱的小伙子，以前我拿货架上任何一层的东西也都没问题的，但是，人老了，就耷拉了萎缩了。唉，你以后就能体会到。可变老的麻烦事儿还远不止这个呢。年轻人，要是我能给你个忠告的话，我会说，趁年轻想怎么折腾就怎么折腾吧，等老了你就啥也干不了了，全身没有一个地方不痛，骨头跟玻璃一样一碰就碎，晚上不吞一大把药片儿就睡不着。哦，对了，你还得吃帮你硬起来的药，唉，不过这个倒也不一定用得着，反正到时候你的老婆也不想要你了。还有，人老了牙也会掉光，但我看这个应该对你影响不太大，我看你的牙齿现在就不怎么样。可毕竟是要掉光啊，我告诉你，每天晚上把假牙拿下来泡在杯子里感觉真是怪怪的。不过这都还好，最可怕、最可怕的，是那个味道……"

这可怜的年轻人不等这长篇独白说完便逃走了，留下罗丽站在那儿，她对自己的表现甚是满意。几秒钟后，她已经锁定下一个猎物，并且开始出击了。

安东此时把自己的快乐建立在用轮椅"不慎"压到别人的脚上。可谁又敢对一个坐轮椅的老人发脾气呢？

我专门找正在选看商品的顾客，走过去挡在他的前面也开始看同样的商品。我假装听不见他们的提醒、抱怨，或是抗议，直到他们走开，我也才看完走开。我很久都没觉得这

第二十一章

么好玩儿了。

最精彩的要数我们通过收银台了。我们在超市逛了两个小时，排队交钱时已经下午五点了，其他顾客的怒火已经到了尊老和善良也无法浇灭的地步。比如我被一个女的碰了一下，她竟然还出言不逊！好在我的安东帮我报了仇：她的鞋面后来多了一道灰白色的轮胎印！

我们跟进来的时候一样，龟速挪向收银台，然后分散到正开放的十几个付款通道排队。绝大多数的购物车里都只有一件商品，但我们早已做足功课，有能力让付款时间无限延长。我们掏出硬币，找出过期的优惠券，翻出还是法郎时期的支票簿，拿出没法扫码的商品……我们请来的援军非常认真地完成了任务。

大家眼里看到的，是一大群老者慢慢悠悠地走出了超市，可在我们心里，我们都是做了坏事又没被抓住的得意忘形的孩子。

1976

最终还是怕忘了，以下的内容是我在1978年根据回忆写成。

我还不知道，但这是我们最后一次和葛琳一起度假。

人要是能提前知道哪一次是最后一次就好了,就能更刻骨铭心地去经历。

今年我们没有去露营地。安东的一个同事介绍了一家供出租的农舍,就在我们夏天最爱去的小镇莫佳。我们到了那里,立刻就被这座石头房子吸引住了。

还没来得及打开箱子放好东西,葛琳就拉着我们朝着海边悬崖那条路猛跑,幸好只有几百米的距离。到了地方,我喘着气,才明白为什么她那么着急:此刻太阳正从海平面上落下去,映得天空一片通红。

葛琳和我在草丛中坐下,欣赏着大自然母亲的艺术杰作,安东则接着散步去了。

"妈妈,"葛琳轻声说,"答应我,将来我们要一起在这大洋的对岸看日出。"

"乖孩子,我答应你。"

她把头靠在我肩上。头发扫着我的眼睛,我并不去拨开,就像她小时候在我身上睡着了,让我腾不出手脚干别的事。

葛琳曾恳求过我们,带着艾柯一起来度假,我借口说小顾和苏珊不会同意把孩子交给我们那么长时间,没有答应她。但实际上,是我不愿意他来抢占我和女儿的时间。夏天的度假对我们一家尤为珍贵,一年的忙碌,只有在这假期里我们才能在没有任何压力(包括时间压力)的情况

第二十一章

下享受一家人在一起的时光,这假期就像一个看不见摸不着的防护罩,我们一家三口置身其中,如果可以,我真希望这个防护罩永不破灭。我享受着女儿还是我的小宝贝的时光。

她的声音已经变成熟,可眼神还是个小姑娘。

她双腿修长,只是藏在宽大的裙裤里看不出来。

每天晚上,她都躺在草地上给我们讲星系。

她读法国女作家科莱特,也读英国女作家奥斯汀;她听法国流行歌曲《秋老虎》,也听美国流行的《加州旅馆》。

她梦想自己成为航天员,成为工程师,成为植物学家。

她说她将来想像我这样,我希望她像她自己那样。

"妈妈,我好像恋爱了。"她突然像吐丝一般轻声说。

我摸了摸她的脸。最近我确实察觉到她的一些变化,爱打扮了,有时会急着出门。

"是学校的男孩子吗?"我问。

"不是,是咱们巷子里的。"

古里巷里就两个男孩子,狄迪和艾柯。她一直把艾柯当弟弟,谜底就揭开了。

"是狄迪?"

她的微笑就当是回答了。

"他对你也是这感觉吗?"我又问。

"不是,他不知道,在他眼里我就是个小女生。"

"把你当小女生也没有错啊,你本来就是嘛。"

安东的声音突然从我们身后传来,吓我们一跳。我俩都没听见他散完步回来了。

"你现在比追男孩子更重要的,是得把数学学好!"

"爸爸,我没有追男孩子!"

他摇摇头,说道:

"我很失望,葛琳。那会儿你问我能不能晚上去绿地跟巷子里的孩子玩儿一个小时,我相信了你,所以同意了。现在我发现我错了。以后你就不要再去了。狄迪已经是个男人了。你是不知道男人都能干出什么的。"

"可是……爸爸!"

他不回答。葛琳向我投来无助绝望的目光。我起身,拉住安东的手:

"亲爱的,别那么夸张。这在这个年龄是正常的,她也没做什么错事。"

他无情地把手抽出来:

"你不要鼓励她。她是我女儿,我得保护她。将来有一天她会感谢我的。这次谈话结束了。现在都回到房里去,我饿了。"

第二十二章

我起床时小葛已经起来了,坐在起居室的餐桌上,面前的咖啡杯已经空了,有心事的样子。

"外婆,你过来一起坐。"

"你允许我先去趟卫生间吧?还是我得去穿上纸尿裤?"

对这个玩笑他没反应。这可不是好兆头。我过去在他对面坐下。他不作声,盯着我看。

"小葛,我知道我好看,但你叫我过来一起坐应该不只是为了欣……"

"外婆,你真得了阿尔茨海默病?"他打断我问道。

"谁告诉你的?这么长舌头!……你是记者,你应该知道不能听信谣言的。"

我手撑着桌子站起来,他接着说:

"昨天晚上你自己告诉我的。你忘了吗?"

"我不可能告诉你这个。"我冷冷地回答。

"当时我正好碰见你哭。你就都告诉我了,还说你很怕。"

他说的这次对话,我完全没有一点儿印象。我的外孙继续说:

"你还说你爱我。你也忘了吗?"

"你小子,添油加醋别太过分了。"

"外婆……"

我闭上眼睛,该死的眼泪,没有接到任何指令就流了下来。

"别告诉你外公。"我小声说。

他不回答,站起身绕过桌子,到我身边蹲下,把我抱进怀里。我没有反抗。

"你得向我保证。"我坚持要求他不说出去。

小葛放开我,看着我的眼睛,无比难过。

"我向你保证。"他喃喃自语,"但我觉得他有权知道。"

"他不需要再多的负担了。"

"我正要问你,他的病是什么情况?别再说只是关节问题了,外公他几乎走不了路。那天我陪他去医院,他硬不让我进去,只准我在车里等他。我不傻,他到底得了什么病?"

我的思绪跳回到一年前,在神经科大夫的诊室里。安东一段时间以来有点儿抬不起右脚来。我们认为是跟他总感觉疲劳有关系。但是我们的医生把他转诊到专科大夫那里。经过一大堆的各种检查,专科大夫叫我们一起去看诊断结果。他晚到了,我记得当时我还很不高兴,因为再晚我就赶不上在缝纫店关门前去买毛衣的扣子了。

我以前从来没听说过渐冻症,这名字让我觉得是跟怕冷有

第二十二章

关系,应该不会太糟糕吧。

"这个病又叫格里格氏症,学名是肌萎缩性侧索硬化症。"神经科大夫解释道,"这是一种引起运动神经元退化的疾病。您这个是脊柱性的,症状从末梢显现。"

他拿起一张纸,粗略画了一个图表,向我们说明各阶段的症状。渐进性瘫痪,肌肉萎缩。目前没有有效的治疗方法,前景不容乐观。

小葛认真地听着,就像小时候听我给他讲故事时一样。我给他讲骑士和龙的故事,但他最喜欢听的,是能点物成金的迈达斯王的故事。

"他还有多长时间?"他终于忍不住,声音颤抖地问我。

我想起我们最后一次与神经大夫的谈话,想起那些我情愿让阿尔茨海默病给抹去的话语。

"孩子,这个病发展很快。一年半吧,超不过两年。"

1977

葛琳跟"含羞草"小区的一个留长发的男孩儿好了。校长把我叫去,告诉我葛琳旷课好几天了。于是我决定早上她出门后,悄悄跟着她。她上了公交车,到学校却没有下车,又坐了三站才下。他穿着紧身牛仔喇叭裤,骑在电动摩托车上等她。她亲吻了他,上了后座。然后连人带车一起消失在一片轰鸣声中。

我没有告诉安东。最近几年，他一直很努力地在适应社会的变化。他经常到厨房来帮忙，饭后还一起收拾碗筷。但事关他女儿，还是容不得半点儿变通。

葛琳回家时我在她房间等她。安东还没下班。她身上有烟味儿和皮夹克味儿。

"妈妈，你怎么在我房间？"

"我想和你聊聊。"

"很严重吗？"她把包放下问道。

我示意她坐到床上，坐到我身边来。

"亲爱的，从今天早上开始，我就一直在想，应该怎样开口和你说。我想过先问你今天在学校学到了什么，但是，我认为开诚布公才是最好的谈话方式。我知道你恋爱了，也知道你连续旷了好几天课。"

她的脸色变了，从担心变成了气愤。

"这都什么呀！"她叫了起来，"我完全不明白你在讲什么。"

"葛琳，你们的校长，傅女士，正式召见了我。所以我今天早上跟着你出了门。"

"你跟踪我？！你跟踪我？！"

"对，我跟踪了你。"我平静地回答，"我也上了那辆公交车，我看到了那个长头发的男孩子。"

"你特工啊！你没权利这么做！"

第二十二章

我深呼吸，然后说：

"亲爱的，你知道我有多爱你，但我建议你改改和我说话的语气。没有哪一条法律禁止一个母亲去确保自己未成年的女儿的安全。既然你好像很了解法律，那你应该知道，小孩子在成年之前都是处在父母的监护之下的。你还有一年才成年。"

葛琳低下了头。

"爸爸知道了吗？"她轻声问。

"还不知道。如果你保证回去上学，我就不告诉他。虽然我更喜欢你挑一个不那么像长毛犬的男孩儿，但我知道我不能阻止你交男朋友。不过，我要阻止你毁了自己的前程。你爱学习，也是个好学生，这些都来之不易。你不要忘了你的梦想。我认识一个非常想要去美国生活的小姑娘，还认识一个非常想放假过去看女儿的妈妈。"

大颗的泪珠子顺着葛琳的脸流下来。

"但是妈妈，我爱他。"

"我相信你。"我一边抚摸着她的头发一边说，"如果他也爱你，他就该明白，你不能为他放弃学业。他叫什么？"

她的脸上立刻由阴转晴。

"小费。"

"他对你好吗？"

"是的！他很会关心我。你知道，他爱我。"

"他最好是会体贴你,否则,我也认识一个会亲手把他鬃毛扯下来的爸爸!"

可是这秘密没能藏多久。星期二上午一封匿名信寄到了我家。我因为跳舞回来晚了,是安东去拿的信件。我一眼就认出那是方娑的笔迹,小顾和苏珊的女儿。这肯定是她俩哪一次吵翻以后她在报复葛琳。

"这事儿你知道了?"他脸色发白,问我。

"亲爱的,你先冷静下来。"

"你骗我?你们俩联合起来对付我?一起骗我?"

我试图跟他讲道理,让他理解,在葛琳这个年龄,初尝爱情是很正常的。他什么也听不进去,随即给办公室打电话请了明天的假,然后,快到放学的时间,他就出发去接女儿了。接下来的事,是葛琳告诉我的。

她没看见她爸爸,眼里只有骑在电动摩托车上在门口等她的小费。葛琳跑出来冲上去搂住他的脖子,两个人热吻起来。这时安东一把抓住女儿的胳膊。小费也是自找倒霉,挺身要拦住她爸爸。

"年轻人,你多大了?"安东问他。

"二十岁了,先生。"

"你这叫诱骗未成年少女。我不许你再见我的女儿,否则我就把你送进监狱。听明白了吗?"

"但是,我……"

第二十二章

"听明白了吗？"

"您把我送进监狱吧，我还是会爱她。"

安东愣了一小会儿，抓住电动摩托车的车头用力推了几把，然后拉着葛琳回到车上。一路上他没有再说过一句话。

"回你房间去。"一到家他就狠狠地命令，"待在里面不许出来，直到我另做决定。你不许再去见那个小阿飞了！"

这是昨晚发生的事。今天早上，葛琳不在房间了，床上放了一封信。

"爸爸，你严厉得过分了，你在剥夺我的青春。妈妈，你一味地接受爸爸的决定。我爱你们，但是我受不了，就要窒息了，我需要呼吸。我不会回来了，我去找小费了，我要和他一起生活。"

第二十三章

今天，法国《世界报》用了一整版来报道"辉煌八十"！这张全法第二大报纸，现在就摊在总部的桌子上，我们全都趴在上面，不敢相信我们的这个小区叛逆行为居然闹到了这个地步。

上次行动之后，《世界报》的记者来采访了我们。有超市的顾客当时拍了录像，又把视频上传到了网上。我也没都弄明白，但结果就是很多人都看了那些视频，于是《世界报》的编辑部也知道了我们的事，来了一个记者和一个摄影师。一个姿势我们拍了好久，不是这个眨眼了，就是那个没看镜头，搞得我都开始抽筋了。本以为连文带图会有我们豆腐块儿那么大点儿地方，没想到占了一整版！

文章讲述了我们这次抗争的由来，列出了我们的名字，回顾了我们已经采取的几次行动。作为领军人物，老马的名字连着在好几行里多次出现，他得意地挺起腰杆儿，夸张得像怀了三胞胎！文章的最后，是镇长的观点：修建学校会为本地带来

第二十三章

生机,是大好事。罗丽拿马克笔把他的这段话给涂黑了。

照片是在绿地上拍的,背景是古里巷。在我家的一个硬纸盒子里,还有一张几乎一模一样的照片,只是拍摄时间早了整整五十五年。我不需要翻出来看,就能清楚地记起它的样子。那张照片上人更多些,我们都还很年轻,大家都在笑。小顾在做鬼脸,乔菲紧贴着贾樘,苏珊抱着刚出生不久的小艾柯。安东高出所有人一个头。狄迪正要跑开,被马丽一把拉住。如今,还是我们这几个,还是在这片绿地上。我简直不敢相信。

"瞧瞧,瞧瞧,我这短信不停地来。"老马一边看手机一边说,"大家在脸书上的留言,我简直看不过来!"

"我们成明星了!"乔菲兴奋地说,"他们提到我的练功服了吗?"

"没有,他们说你谦虚低调。"罗丽的回答简单粗暴。

"你还别笑她。"老马打断罗丽,"你们想得到吗?我这儿有三个向乔菲求婚的。抱歉,你的只有一个。"

罗丽耸耸肩,一脸不屑。

"求婚?!真的吗?!"安东惊诧不已。

老马点点头,说道:

"真的!还有人热心地要请我们将来去他们家住,或是要给我们汇钱,还有人要发起类似彩票的活动为我们的斗争筹款。哎,你们不知道,好多人都说要参加我们的下一个行动。同志们,咱们要成功了!镇长会低头的,看着吧,不可能有其他结果。"

"你别做梦了,老马!"今天还一直没开口说过话的老顾

低声发起牢骚来,"镇长他根本不会理睬我们的这些小把戏的。咱们这完全是朝着提琴撒尿——白费劲,拉不响的!"

老顾也会发牢骚?这可是头一遭。大家都把目光投向了他。

"怎么了,小猫猫?不高兴了?"罗丽关切地问。

"我女儿给我打电话了。"

"这是个天大的好消息啊!"乔菲高兴得大喊起来,我的耳膜都给震破了。"她多久没和你讲过话了?"

"二十三年。"罗丽帮他回答,"这次大小姐有什么事?"

老顾摇头。

"你们不能想象我听到她的声音时有多高兴!我以为她终于原谅我了,我们终于可以一起把放过去的时间追回来。可不到两秒钟,我就明白我想错了。她语气冰冷,说我都这把年纪了还到处出洋相,说我们几个都是神经病,是小丑,说我该趁此机会把房子卖个好价钱,好去住养老院。"

他停下来,低着头。安东拍拍他的肩膀。

"哼,打小我就没看好过她。"良久,罗丽开口说道,"她从小就会瞎找事儿。"

"噢,噢,打住!"乔菲不高兴了。

我忍不住加了一句:

"你错了,罗丽,小时候她是个好孩子。但确实长大了变成个十足的蠢人。"

"来来,为这篇报道,我们得庆祝一下!"老马高声建议,转移大家的注意力,"我酒窖里的香槟就等着有好事儿的时候

第二十三章

去开呢!"

聚会结束时已经是深夜,地面也好像开始摇晃起来。我们收拾好空酒瓶和餐具,动身回家。安东的轮椅轨迹歪歪扭扭,罗丽震耳欲聋地唱着歌,老马上气不接下气地吹着萨克斯风,老顾跟他的助步器聊得不亦乐乎,乔菲数着星星。我笑个不停。我已经笑了好几个小时了。这好像跟骑自行车一样,一旦会了,就不会忘。

"这些年来我挺想他们的。"安东回到家说。

我关好门,没有回答。幸好我没有再多喝一杯酒,要不我也会忍不住承认,我也很想他们。

1978

我们坐在第三排。在第一排的小顾在尽力忍住不流泪,他旁边的苏珊则早已彻底放弃,任由泪奔。祭坛前,他们的女儿方娑与爱人喜结连理。

自从我们住进古里巷,已经过去了一代人的时间。想当年我们都是新婚燕尔,踌躇满志。刚搬来时狄迪还是个小胚胎,方娑和葛琳都还只是个愿望。如今,孩子们都到了我们当时的年纪,他们将打造出属于自己的家和属于自己家庭的回忆;他们也将和邻居们处好关系,再过些年,我们就会坐到第六排,参加他们的孩子的婚礼了。

葛琳是新娘方娑的证人。她穿着奶油色的西装套裙,高跟鞋,眼睛没有离开过她的童年好友。六个月前,她和小费结了婚。是方娑告诉我们的。她们俩和解了。我们没有收到邀请。他俩自己去镇政府登记结婚,到场的只有双方的证人。我哭了整整两天。

她离家出走后,安东想过以诱拐未成年人的罪名起诉小费,我把他劝住了,因为那样只会让关系更加难处。一开始的时候,除了愤怒还是愤怒。他不想听到任何人提起女儿。女儿抛弃了他,把他年幼时遭父亲抛弃的伤口又撕开了。尽管我能理解她在叛逆期,但我也真的很气她。从小她就热爱自由。时间慢慢地冲淡着一切。方娑把葛琳的电话告诉了我。我时常给她打电话。她住在镇上,在小费的公寓房里。她没有再上学了。最近刚找到一份秘书的工作。看上去她生活得很幸福,但我总感觉她有所戒备。有一天晚上,她来家里了。敲开了门,安东把她紧紧地搂在怀里。安东对女儿的思念替代了愤怒。

她是趁着小费不在镇上时来的。小费不许她见我们,说安东不尊重他,他无法原谅。

"我爱你们,可我也爱他。我不能欺骗丈夫。"

她都没来得及坐下,就哭着离开了,带走了她从小不离手的布娃娃。

新人在来宾的欢呼声中走出教堂。苏珊和小顾久久地

第二十三章

拥抱亲吻着已经改随夫姓的女儿。然后新娘去拥抱弟弟艾柯。新郎痴痴地微笑着。小顾他们家的人数增加了。

古里巷的邻居都如数到场。刚从印度回来的马丽和安磊,在这个婚礼上高兴地见到了儿子狄迪和儿媳,还有他们刚出生的孩子。乔菲被整个场面感动得一塌糊涂,罗丽就等着喝喜酒。小马强打着精神,上周布岚刚提出离婚,而且搬到女儿索菲家去了。最近一段时间,关于他家的疑问和传言不断:从他家传出的不再是悠扬的萨克斯风声,而是两人的争吵声。

我们正要上车去参加婚宴,葛琳和小费手牵手从我们旁边走过,她对我们微微笑了笑。

"亲爱的,你好!"我轻声问候。

他们停下脚步,我们也站住了。我一把抱住朝思暮想的女儿,她也紧紧搂住我。安东也动情了,朝小费伸出手去。小费握住了,向他点点头。

"我很高兴今天见到您。"我的丈夫开始说道,"我给您写过两封信,不知道您收到没有。在信中我为我去年的行为向您道歉。我当时为女儿担忧,只想保护她。现在她看起来和您在一起很幸福。我希望我们的关系能得到改善。希望您能原谅我。"

葛琳的眼里满是期待,我又看到那个圣诞节早上急着冲下楼梯找礼物的小姑娘。她面带笑容看着自己的丈夫,等待着自己盼望的东西。小费伸手捋了捋她的头发:

"您的信我都收到了。您当众羞辱了我,道歉也不能抹去这个事实。葛琳现在是我的妻子,我不在时,你们可以见她或是给她打电话,但我们的关系仅限于此了。葛琳,咱们该走了。"

第二十四章

小葛非要和我下跳棋。他像小时候一样，要了绿色的棋子。可他把这个游戏的规则全忘掉了，就算我连着跳好几格他也看不出什么不对劲，而且我说他不能这样走也不能那样走，因为"犯规了"，他都乖乖地听话撤回。我一连胜了五盘。

"今天我这是什么鬼运气！"他小声地说。

"下跳棋不是靠运气，是要靠脑筋思考布局的。你没我聪明，这你得承认。"

他笑笑，又开始摆棋子准备再来一盘，大概是希望还有机会扳回来。

"对了，你找到那个小本子了吗？"他问我。

"什么小本子？"

"今早你到处找记菜谱的小本子。你说想做一个舒芙蕾，外公超爱吃的，还说她那个方法特别好用。我当时不知道你说的是谁的方法。"

我没答话，眼睛盯着棋盘。小葛拿起一颗棋子。他提到的

今早那次谈话我一点儿印象也没有。我生活中的这一段从我的记忆中被抹去了。但真正令我害怕的,是这病不断有新的征兆出现。我自己没有记菜谱的本子。可我记得,在我们还与她同住的时候,安东的母亲把她常做的菜都记在一个小本子上,包括一个我丈夫特别爱吃的奶酪舒芙蕾。

这一盘我让小葛赢了。这时安东也午觉醒来,很精神,过来和我们一起坐。

"怎么样,外婆是不是又耍赖了?"他问。

"基本上没有。"这真是个得了便宜还卖乖的家伙!"哦,对了,外婆,我忘了和你说,你要不想写了就可以不写了。"

"不写了?"

"是啊。我不是让你把你们的故事写出来,我发出去,好引起大家关注并且支持你们吗?我看你不时在记着笔记,就知道你已经开始写了。但现在不用了,反正我一直在报纸上发表对你们斗争的连续报道,公众舆论也站在你们这一边了。现在不用再发你写的东西了。"

我佯装不快,说道:"你不能早点儿说啊!害我浪费那么多时间。"但其实,他需不需要我写都不重要。小葛以为我写这个是为了帮大家打赢这一仗。我没必要向他解释,从一开始,我就是为另一个原因而写,他将来会知道的。

第二十四章

1979

　　这是我们在布列塔尼假期的最后一晚。我们特意来到莫佳我们最喜欢的海景煎饼店吃晚饭。我回忆着我们的这次小住。去年夏天，是没有葛琳的第一个假期，很难过。悬崖边上的那条路，没有了她的感叹和那些没完没了的关于美洲的问题，也变得不那么漂亮了。

　　今年我们决定不给自己任何机会怀旧和惆怅。我们把活动安排得满满的，散步、坐帆船、周边游览，一个接着一个。每天都很累，晚上躺到床上，脑子里连当天的活动都来不及过完一遍就睡着了。三个人一起的时候，我们是幸福的一家子。现在，我们又变成了两口之家。这确实是需要一定时间的调整。重新发现就我们夫妻俩的生活方式也不无令人心动之处。我们都还不到45岁，还有时间制订新的规划。

　　"我想出去工作。"

　　安东把目光从菜单上抬起来。

　　"你说什么？"

　　"我想出去工作。葛琳走了，我在家真的无聊，我得给自己找点儿事情干。乔菲有个同事退休了，职位正好空着。就是在中学里整理文件档案，接待学生。我完全可以胜任。"

我的丈夫继续低头看甜点单,然后不紧不慢地告诉服务员自己想要的,这才又看着我说:

"亲爱的,你知道在我很小的时候我父亲便离开了,留下没有工作没有收入的母亲——愿她的灵魂安息,独自拉扯一个孩子。她真是把任何能想到的法子都用上了,各种救济组织,亲戚朋友,能帮就帮。可出去工作却从来都不是她的选项之一。这在那个年代是不可想象的。女人就该照顾家里,尤其是有了孩子以后。我从小在一堆女人的陪伴下长大:外婆,姨妈,还有表姐妹。大家的认识高度统一:女人不出去工作,男人不管家务。我自然完全认同,并坚信,如果男女都到对方的领地发展,这个世界必定会乱套。这大概是与我从小受的教育有关。我也曾试着想象男女不按传统分工的景象,但是我想不出来。可同时我也看到,这个世界在变化。最重要的是,我看到了你,我永远忘不了你跳舞演出后的笑容。我知道你需要自由才能幸福。我们的女儿继承了你的这一点,而且,用令人痛苦的方式提醒我:她需要自由才能感到幸福。我们的看法不一样,但是我的意见并不比你的更重要。我也没有想到有一天我会这样说,但是,如果你觉得出去上班能让你高兴,那你就去吧,我不反对。"

安东向我求婚的时候,我对他了解甚少。我只觉得他英俊帅气,有教养,有魅力,但我不知道他到底是哪一

第二十四章

种男人。婚姻就像碰运气,结了婚以后才知道自己抽中的是什么。我们结婚前一晚,我脑子里涌现出很多我没有答案的问题。他会不会很暴力?他会不会出轨?我会不会让他失望?所有这些都是有可能的呀!如今,在和他结婚二十五年后,我完全可以说,我抽到了头等奖,赚大了!我的安东是会发牢骚,是会像孩子一样赌气,有时候我简直觉得他的性格是有问题的吧,因为我就没见过像他这么古怪的人。可是,我也没见过比他更忠诚、更公正、更正直、更慷慨的人。我最欣赏他的一点,是他愿意质疑自己、反省自己。这么多年来,我亲眼看见他面对新事物,保持开放态度,四处寻找资料,努力理解,展示出同理心。我亲眼看见他在成长。我当年认识的是个小伙子,现在和我一起生活的是个成熟的男人。

  要是有人读到我的这些日记,一定会笑我做作秀恩爱。别人想怎么说就怎么说去吧。我只是想说,爱从来都不可笑,可笑的是,不敢让它爆出它值得拥有的火花。

第二十五章

晚饭后,我突然觉得我非去趟绿地不可,就像听到了它在召唤我,有话对我说一样。昨晚睡觉我还梦见了我们的绿地,我无法想象它会消失。当我第一次踏上它的草坪时,它在我眼里还只是一片漂亮的绿地。如今的它,是我的港湾,是我的救生筏,是滋养我婚后新生活的土地;它知道我刚结婚的恐惧,见证古里巷友谊的滋生,记录我们的欢笑;它看到孩子们迈出的第一步,和他们偷偷抽的第一支香烟;它守护着我们的秘密、我们的希望、我们的痛苦,它充斥着我的记忆。

我来到三棵松树旁,一只卷毛怪物差点儿要了我的老命。

"罗丽,拜托把你的狗子拉住了,都快飞上天了。"

罗丽从树后走了出来,嘴上叼着一支烟。

"亲爱的,你行你来拉它试试,不把你拉得啃泥才怪。"

我表示怀疑,用脚轻轻把狗子推开,然后便朝另一个方向走去。这时巷子里的一处光线引起了我的注意,我眯着眼睛细看,没错:

第二十五章

"罗丽,快看哪!马丽和安磊他们家有灯!"

古里巷 6 号没有人住。刚开始的时候,马丽和安磊隔段时间就回来,开窗透气,打扫维护他们的房子。可后来我们已经很久没有再见过他们。两三年前,我们从报纸上看到了马丽去世的消息。

我不假思索地中断了散步,向巷子那边赶回去。罗丽拉住我的胳膊,说道:

"你这样一个人去,打算要干吗?还想从贼那里抢东西不成?"

"那你和我一起来,咱们先去叫增援。"

她正求之不得。为了不打草惊蛇,我俩悄无声息地叫上了所有的邻居,一起来到马丽和安磊的家门口。出于安全考虑,我们每人都带了武器。老马提着棒球棒,罗丽拎着火钩子,老顾握着斧头,我拿了把叉子。

"乔菲,你真觉得一块破抹布能帮你自卫?"罗丽一边悄声问,一边举头无奈望天。

"我第一时间就只找到了这个!反正赶苍蝇效果很好。"

"第一时间!那也该带把黄油刀来啊!"我咕哝一句。

"呵呵,指甲刀也行。"老顾小声咯咯笑起来。

安东把轮椅停在大门前,宣布:

"我先进去,要是看到有人,就学一声托哥巨嘴鸟叫。"

"托哥巨嘴鸟?!托哥巨嘴鸟怎么叫?!"老马问。

"唉,既然你们对鸟类一无所知,那我就学拉警报。"

"都准备好了?"老马低声问。

大家一起说"好了",尽管我敢肯定这时每个人都想跑回自己家躲起来。安东曾经建议叫警察来而不要私自执法,但所有人都抛弃理智,选择了维护自己的骄傲。

我们的紧张和恐惧没有持续多久:这老旧的大门,嘎吱响得离谱。很快,一扇窗户打开了,有人探出头来。

"你们在这儿干吗?"那人喊道。

"狄迪?是你吗?"老马明知故问。

窗户关上了,又过了几秒钟,门开了。狄迪来到他父母的院子里,与我们对视着。在路灯下,我看出来他哭过。

"你们这是真不打算让我安静了?"

"我们看到有灯光,还以为是入室盗窃呢。"老顾连忙解释。

"没有小偷,只是我而已。我过来整理父母的东西。我要把房子清空,爸爸上个月也走了。"

这消息着实对大家都是个打击。老马的肩膀又往下垮了一截,他和安磊夫妇的关系是最密切的。

"我很难过,狄迪。"他说。

"有什么我们能做的吗?"乔菲接着问。

我笨拙地把手搭在他的肩膀上,他往后躲了一下,说:

"现在我真的没心情和你们聊,我只想一个人清净一会儿。"

说完,狄迪转身回到了他度过童年的房子里。我们也默默地往回走。老马打断沉默,提议我们把抗争行动暂停一段,在

第二十五章

镇长服丧期间尊重他失去亲人的痛苦。我们一致同意了。到了乔菲家门口,在进去前,她动情地转过身,紧紧拥抱了我和罗丽。

1981

教舞蹈的罗老师今天上午给我打电话,她情绪有些激动,要我下班后去她那儿一趟。我于是一下午都在想着这件事,尽管我手头有不少工作要完成:乔菲在玩空中秋千时髋关节摔伤,住进了医院。我去看望,她笑着说:"可能我的年龄不太适合继续玩儿空中杂技了!我准备去学跳伞。"

在我们共事的学校,大家都说乔菲很特别。如果用这话恭维她,那我没意见。但常常有同事在说她特别的时候,有挖苦的语气。我跟她一个办公室,觉得非常愉快。她总是一副很惊讶的样子,她自言自语自问自答,她按颜色将文件分类;她用无名指打字,说要不这指头就啥用都没有了;她没有一天不提起他的贾檀。有两个男同事曾经追求过她,都被她无情地拒绝了,而且为他俩没看出来她的心已经永远被另一个人占据而愤怒不已。

乔菲、苏珊和我现在养成了个新习惯,非绝对必要不会间断,那就是:每周六晚饭后,我们都会带着小点心和饮料去罗丽那儿小聚。我们四个人边吃边聊,等着电视里开始演美国连续剧《家族风云》,然后便一起沉浸在艾文家族的爱恨情仇中。

罗老师在镇上的活动中心门口等我，有点儿不安的样子。

"马琳，谢谢您能来。不好意思啊，叫您跑一趟。可我是真的需要您。请跟我来。"

我跟着她进了更衣室，这地方我太熟悉了。长椅上放着一条蓝色长裙和一双有跟儿的舞鞋。

"麻烦您换上，然后到舞蹈室来。"

罗老师不是那种你可以随便不合作的人。我照办了，心里百思不得其解。

我来到舞蹈教室时，她一个人在里面。

"请关上门，马琳。"

再一次，我按她说的，转身去关门。这时，躲在门后、一身黑西服的安东着实把我吓一跳！他站那儿冲我笑。

我完全蒙了。在我能想象得到的情节中，这舞蹈室里都不可能有我丈夫什么事。

罗老师打开音乐，安东向我伸出手，说道：

"我想你可能会喜欢我们一起跳舞。"

1982

我没有想到会有一天再经历这样的时刻，这即刻生出

第二十五章

的爱，这让人哽咽又同时让人插翅高飞的爱。

葛琳早上打电话通知了我们。小费同意我们去医院探望。

他那么小，我们已经忘了初生儿有多小。棕色头发，眼睛会找我们。小下巴抽搐着，小拳头紧攥着。皮肤细嫩得如丝绸一般，小鼻子别提多可爱了。睡着时哼哼唧唧，饿了就大喊大叫。妈妈的眼睛、爸爸的微笑和外公的热泪，瞬间都被他照亮了。

我把这个热热的软软的小身体抱在怀里，真希望永远不松开。

小葛刚出生一天，我幸福四溢。

第二十六章

上星期，安东从神经科大夫那里回来，情绪悲观。我了解他，为了不让我难过，他没有把大夫的话都告诉我。

"和邻居们一起打这场仗，让我们全都又年轻一回。"晚饭时他说，"但实际上，我是为了你才奋起抵抗的。我反正也看不到我们的房子真的被拆掉。"

"你住嘴吧！我不爱听。"我一边说，一边把一勺汤灌到他嘴里。

"亲爱的，你得听我说完。"

我放下汤勺，靠在椅背上，双臂抱在胸前看他。

"我不怕死，"他接着说，"没人骗我们，从一开始我们就都清楚，会有结束的那一天。我觉得自己是幸运的。这段人生之旅不算短，还有幸在路上碰到了你。亲爱的，我们在一起六十多年了，你注意到了吗？我们从来没有分开睡过一次。"

我把手放在他的手里，希望他能感觉到。

"我不会因为在迟暮之年得了病就怨天尤人，"他继续说，

第二十六章

"我很幸福。只需要再处理好两件事,我就可以安心离开了。"

"什么事?"我问,喉咙一阵发紧。

"我必须确定,没有我,你的生活也不成问题。这个房子确实是又老又旧,房顶需要翻新,立面需要重新粉刷,还有防水层和隔热层。这些我肯定是干不了。我不傻,你不告诉我,但我知道你也有病。我走了,你留在这里,我是不会放心的。我知道你不愿意听,但是,我们得一起去看看养老公寓。青松苑听说还不错,我们可以一起搬进去住一段时间。"

我把手抽了出来,拿起勺子伸进汤里。说:

"第二件事呢?"

他露出无敌的微笑,说:

"我想见葛琳。"

青松苑和我一样,名不副实。一位姓施的护理人员带着我们参观。

"我们所在的这一侧,是'波拉波拉岛',主色调是蓝色。这栋楼的每个侧翼,都有名字,都是能带人旅行、能让人遐想、充满域外风情的地方。"

我觉得这气味也令人遐想。施护理打开一个房间,请我们进去。

"这是个标准间。这边是浴室,这边有衣柜,窗户朝着中学。床是医疗专用床。您二位也可以带几件自己的家具,按自己的喜好摆设,这样会更有家的感觉。等一下我可以带二位去看看

莫太太的房间,她布置得特别温馨。"

安东的眼神在求我赶紧离开。我就等着这信号呢。

"施小姐,非常感谢您抽出宝贵的时间带我们参观。"我对这位年轻的女士说,"但是,不用了。"

她停下独白,非常吃惊地说道:

"你们不想接着看完吗?我知道一时间很难想象自己搬到这里。不过,我们青松苑确实是本地养老公寓里最宜人的呢。"

"那我真的不敢想象其他的公寓。"我扫了一眼这间狭小的昏暗的屋子,忍不住说了一句。

"是您二位先打电话来要看的呀。"她据理力争,"要知道,想住进来的等候名单也不短呢。"

"那不正好?!"安东说着开始往外推轮椅。

到出口之前,我们经过了一个大房间,里面坐了不少人,有的对着电视机在打瞌睡,有的在呻吟着,还有一个看上去比我年轻的老头儿,上来拉住我的胳膊叫我妈妈。当大门朝外打开那一刻,我终于松了一口气。

小葛靠在车子前面,他盯着我俩想知道我们的想法。

"我不能住这种地方。"安东非常肯定。

"我也不住。"

"那太好了。"小葛一边帮着外公上车一边说,"虽然外婆的脾气有点儿那个,但我还是更愿意你们来我家住,比在这儿强。"

"那我们也许可以考虑。"我边说边扣上安全带。

第二十六章

今天回到家，我少有地特别高兴。我把包儿挂进门口的柜子里，接着进了厨房，希望安东忘了他的第二件事。

"马琳，咱还没完事儿呢！"

我差一点儿就想假装失忆，反正我完全有可能真的忘了。但是，我知道那对安东有多重要。

"反正我不会给她打电话。"我还在犟。

"不用，我来打。但我希望你在我身边。"

1983

罗丽自己的发廊上周开张了。今天是我头一次光顾她的"萝西发屋"。室内装饰完全是罗丽的风格。自动唱机里滚动播放着爵士乐曲，每面镜子都装了一圈化妆灯，墙上挂的都是她演艺事业巅峰时期的剧照。

"怎么样，我猜你还是要肩膀以上齐齐的直发？"

我点头赞同。有一次我听了她的建议，剪了个更短的发型，觉得在镜子里看到了我父亲，只是眼睛上还涂着睫毛膏。

没过多久，罗丽就聊到了她最近关心的话题上：

"我说得没错，雅宁今早离开了。"

"不会吧？"

"这不正跟你说她走了嘛!苏珊告诉我的,苏珊碰见她了,还提着个箱子。"

两年前雅宁和老马结了婚。她在各方面都与布岚完全相反,似乎老马决意要把过去一笔抹掉。

"她决定要离婚。"罗丽接着说。

"这一个也要离?他到底干了什么,让这些女人都要跟他离?"

"他只关注自己,不关心她们,也不满足她们。而且,一有机会还偷腥。关键他还脚臭。"

我瞪大了眼睛。罗丽大笑起来。

"亲爱的,别害怕!我当时试探了他一把,才终于明白为什么布岚要离开。你该感谢我,多亏了我的牺牲,我们现在知道了。"

我没说话。罗丽很少跟我讲她与异性的交往,我知道她有不少。她坚信,人注定就不该跟同一个人过一辈子。"既然有机会尝到所有的糖果,又何必只咬着大麦糖不放呢?"有一天她这样问我。我理解她的看法,但我还是更关注牙齿的健康。

"老马人帅气,"她接着说,"但他把女人和萨克斯风混为一谈,觉得只要照着谱子吹,她们就会乖乖地开始唱歌。我看他是还没找到那个魔力按键。你明白我要说的吗?"

"你解释得非常形象,我听明白了。谢谢你。"

第二十六章

"亲爱的,你真是太规矩了!跟你这永远不变的普通短发简直绝配。"

我为老马觉得难过。今天晚饭我要多做点儿,给他送过去一份儿。他确实不是最好相处的那种人,常常发牢骚,对工作条件不满,对政府不满,对镇上没有好好维护绿地不满……但他内心是个好人,我就见过他不惜花上好几个小时,帮着车子在绿地旁边抛锚的路人修车;或是在暴风雨后顶着大太阳帮安磊和马丽补房顶,晒到中暑;还有多少次我看到他四肢着地给两个女儿当马骑。我不愿意相信他就该在感情方面如此不顺。

"你不用为他担心。"罗丽猜到了我在想什么,接着便宣布,"我敢打赌他已经找好了下家,而且这位新人用不了多久就会搬进古里巷的。"

我到家时安东在院子里等我。家里门开着,传出孩子的哭声。我赶紧跑进屋,只见小外孙躺在地上,全身通红,满脸眼泪。我抱起他,转身以询问的方式看着丈夫,他抱歉地摇了摇头,说道:

"我们有个小问题。"

第二十七章

葛琳接到爸爸的电话很高兴。她时常打给我们，但我们从不打回去。

安东问了她的近况。小詹和她已经在新家安顿下来，离我们这里三个小时路程，到小葛那儿开车就两分钟。在美国生活了那么些年，回来竟然完全不习惯了。新家有个大院子，很适合他们的退休生活。

葛琳也提到小葛，说儿子对她说了很多我们的好话，她真的非常高兴我们又有了联系。

她问起我们最近怎么样。于是安东就都告诉了她，他自己的和我的病情。我们的健康在走下坡路，未来眼看着缩短了。

"女儿，我们想见你。"最后，安东轻声说。

回答他的是一片空白。通话中断了。安东再打过去，是自动答录机，他留了言。我们等了一整天，她没有打回来。

第二十八章

早上九点。我去开门之前就知道是她。

她留着短发,眼睛周围爬上了皱纹。指甲和嘴唇都涂成红色。她的微笑还没有展开,已是泪流满面。

葛琳站在我面前,我心中的枷锁炸开了。

1984

除了我们,葛琳没有任何其他办法。小费和女邻居一起走了。她一蹶不振,无力照顾小葛。我们劝她也回家一起住,她不愿意,还抱着幻想:

"万一小费回心转意呢,我要在家等他。"

小葛抱着妈妈的腿不放。他还不到两岁,但是已经明白发生了什么。

这是三个月前的事。

葛琳每周给我们打两次电话，了解儿子的情况，也跟我们讲她的近况。为了康复，她在看心理医生。

我们请了个保姆，在我们的上班时间照看小葛。第一天，他从早哭到晚。我们想，或许第二天会好一点儿。第二天，他又是从早哭到晚。我们想，或许下一天会好一点儿。下一天，他还是从早哭到晚。我于是辞去了工作。

安东去找过小费，回来时他的一只眼睛又青又肿。

"他两只眼睛都肿了。"他安慰我。

我着实为女儿担心。上星期天我去看了她，瘦得皮包骨头。屋子里烟酒气味熏天，我帮她把所有的窗户都打开，透透气。

小葛是个惹人爱的孩子。我可以整天整天地看着他。他会跟自己的木头小火车用只有他俩能懂的语言聊天儿，把小胖手放在我的脸上，扯院子里的樱桃吃，罗丽的狗一舔他的小鼻头儿就咯咯笑，晚上抱着葛琳小时候的那个布娃娃入睡。我知道，他将来要离开我的那一天，会把我的心像纸片一样撕碎。可我会更放心，因为妈妈身边才是他该在的地方。

我轻轻拉上他房间的门，故意留了一条缝儿，他怕黑。

"好了，他睡着了。"我走到起居室，对安东说。

"马琳，这样下去不行啊。我们不能眼看着葛琳就这么毁了，得想办法帮她走出来。"

"我知道，可咱们能怎么办？得给她点儿时间抚平伤口。"

他猛地站了起来,说:

"可我们没有时间了!孩子需要父母。他那个爹光顾着自己找新欢,完全不管他,他妈却只知道傻等沉沦。"

"你别对她太苛刻。这事儿对她打击太大。"

"那孩子呢?对孩子就没打击?"

话还没说完,他的眼泪就先流了下来。他用力擦了一下。我站起来,轻轻地抱住他。他哭得更厉害了。这件事把他童年的伤口再次撕开。过了好一阵,他才安静下来。我向他保证一定会有办法的。

第二天,我一大早就去了葛琳那儿。

"我们得好好谈谈。"我直接、干脆地说,"你先去把牙刷了,不知道的还以为你嘴里住了一窝野猪呢!"

她从卫生间洗完澡出来时,我已经替她收拾好了几件必要的东西,在门口等她。

"你干吗?"她看着我放在脚边的衣物不解地问。

"我嘛,什么也不干。但是你,要跟我回家。"

"不行,我不去。"她边说边往厨房走。

我抓住她的胳膊,逼她正脸看着我。

"葛琳,你听我说。你的情况糟糕透了,你儿子也好不到哪里去。你需要帮助!要么你跟我回家,要么我们安排你住院。"

第二十九章

就像她从未离开过。是本能的，发自肺腑的。

我承认通电话时更容易抵御，听筒里她的声音无法强迫我把心门打开。但是现在，她的气味，她的笑容，她的酒窝……我的女儿就在我面前，不曾远离。

我们不谈过去的事，有时候甚至好几分钟，大家谁都不说话。我们在一起，就足够了。

她看到我们时，显然吃了一惊。她想掩饰，但我还是看出来了。我们都披上了老年人的外衣。

安东不无夸张地向她描述了青松苑之旅。她笑着说：

"你们别傻了！我是不会同意你们去那儿住的。我这次回来就不走了。"

她跟我们讲在大洋彼岸的生活。他们把餐馆卖掉了，比预想的还要快。她想念那边的朋友，那边的阳光。在美国，她过得很幸福。海边悬崖上的那个小姑娘，实现了她的梦想。

"为什么要回来？"我问。

第二十九章

"小葛。他在这边成家立业,我受不了离他太远太久。"

这感觉我太知道了。

她又询问我们的健康状况。我们尽量不让她紧张,可就算我们避重就轻,她还是被吓到了。她哭得厉害,向我们道歉,说她很后悔。安东直接让她打住:

"我们已经放任流逝了太多的时间,就不要再纠结过去,继续浪费了。"

临走,她说很快会再来看我们,坐火车就三个小时。一旦收拾好了房子,小詹和她就回来,住楼上的蓝房间。我们久久地拥抱,然后目送她到大门口。她转过身,问:

"你们知道我现在最想要做什么吗?"

我和安东摇头。

"大家一起去莫佳的那家农舍!"

第三十章

我们在总部开会,讨论在镇长服丧期间是否继续采取行动。意见两极分化。大部分人都认为,在各类媒体的报道已经让我们有一定的影响力的前提下,目前可以暂停一段时间。但罗丽是铁了心要继续干下去,不愿意做任何妥协:

"行啊你们,狄迪一打感情牌你们就可以不要我们的房子了?!没想到你们这么没劲。"

其实我同意她的意见。不管怎么说,我们已是耄耋之年,离躺进统一定做的家具盒子的那一天比谁都近,镇长依然决定把我们赶出家门,并没有动一丝一毫的恻隐之心。不过我也不打算就这么便宜了罗丽,所以并没有赞同她。她的意见五对一被否了,让镇长消停几天的决定获得了通过。

"我接到好几个采访要求,"老马一边查手机一边高声宣布,"虽然大都是本地媒体,但已经非常不错了。"

突然,他的脸色变了,话也停住了。

"老马,你还好吗?"乔菲不由得担心起来。

第三十章

"我也不知道……应该是吧。"他有点儿含混不清了,"我们脸书上刚收到白诺[①]的留言,他想让我们上他的节目。"

"白诺要找我们?"我忍不住笑起来,"那我今天还和黛丽达[②]共进早餐了呢!"

"为什么白诺就不能找我们呢?"乔菲问道。

"这肯定不是他。"老顾很有把握,"白诺多忙啊,不会想找我们这帮老逆种的。再说了,就算他想,也该是他团队的人联系咱们才对。这一定是有人恶作剧。"

老马耸耸肩,不置可否。他这样轻信,着实让我吃惊。现在我知道,他肯定相信麝香香水能吸引女人,也相信公共游泳池的有色跟踪剂,所以才从不敢在池中小便。

"我们很快就可以辨清真伪。"他不为所动,"他问我要电话,说要打过来。"

"把我的号码给他,"罗丽马上说,"我一直都觉得白诺够性感。"

老马在触摸屏上敲了一排数字,然后把手机放在桌上,眼睛一直盯着生怕看漏了。乔菲兴奋得直跺脚。没一会儿,老马设置的《国际歌》铃声响起来,我赶紧起身,把位子让给这一群老顽童。老马立刻就接了,还熟练地打开了免提。

"'辉煌八十'总部,请讲。"

[①] 白诺:Jean-Pierre Pernaut,1988—2020年间法国电视台新闻节目主持人。

[②] 黛丽达:Iolanda Cristina Gigliotti,艺名黛丽达(Dalida,1933—1987),法国歌手、演员,是1960年代早期在法国家喻户晓的明星。

"您好，我是白诺。请问您是'辉煌八十'领头的那位吧？"

"敝人正是老马。"老马一脸自得，"不过，您怎么证明您就是白诺呢？"

对方笑起来，说："您听不出我的声音来吗？"

"听着是您。"老马承认，"可谁知道您是不是模仿秀冠军呢？"

"好吧，就依了您。您说要怎样才能证明我的身份？"

"让我想想。"

只见老马又拿起了手机，在触摸屏上一顿操作，然后说：

"我要问您一个问题，您必须立刻回答，我不会给您时间上网查答案。如果您真是白诺，您闭眼也能答出。"

"行啊！"对方爽快地接受了。

"您的出生地是哪里？"

"亚眠[1]。"对方脱口而出。

"——幸会幸会，白诺先生。现在，我们可以开始谈了。"

---

[1] 亚眠：Amiens，法国北部城市。

第三十章

1986

葛琳和小葛回家与我们同住差不多有两年了。这个新组成的四口之家也建立起了自己的生活模式和习惯。我承认,照顾女儿和外孙,我非常开心。

女儿现在在镇上一家餐馆做服务员。她每天一早就去,晚上就不用上班能在家陪儿子。她状态好多了。小费也出了力帮助她。要忘掉一个没做任何解释就离开自己的男人,一个不加考虑就跟别的女人走掉的男人,一个毫不犹豫就在别处开始新生活、生儿育女而不管第一个儿子的男人,是不容易的。他再也没有来看过小葛,说什么"再见面会让孩子难过,不应该再打扰孩子"。一开始,很长一段时间小葛都找爸爸,夜里做噩梦。后来,爸爸在孩子记忆中渐渐远去,再后来就完全没有了。

这一段时间,葛琳在跟一个叫小詹的同事交往。她很少谈及他,但她的笑容不会骗人。

"外婆,太好看了!"我从后台一出来,小葛就扑进我怀里,大声喊道。

今年的会演,我登台了两次,先是跟我的同学朋友们一起,然后又跟我的丈夫同台。安东爱上了双人舞,从不逃课,甚至我精神不好的时候还逼着我跳。我必须承认:

跳舞，特别是跳我最爱的探戈，他是有一定天赋的。每当我们一起练习，周围的一切便不复存在，只剩下我和他，他的双手、他的目光、他的皮肤。小葛每次都陪着我们，鼓励我们，他是我们最忠实的粉丝。

"你们的表演确实非常棒！"在存衣处等着拿衣服的时候，葛琳也这样说，"你俩在台上真的给人一见钟情的感觉！"

"快打住吧，你们不嫌腻歪，我还怕长蛀牙呢！"罗丽插了一句。

我们接着去了镇上新开的一家餐馆吃饭，很晚才回到家。起居室里，凌乱地放着小葛的木头小火车、几粒弹珠子，还有葛琳在看的几本书。安东有时会嫌乱，他愿意什么都归置到位。我却喜欢这凌乱中透出的生活气息。小葛在外公的怀里已经睡着了，外公把他轻轻放到床上，葛琳帮他脱掉鞋子，我关上百叶窗。我们把他的房门轻轻带上。晚安，我们的小宝贝。

每天早上都是我送小葛去幼儿园。我牵着他的小手，听他讲他的朋友、他赢的弹珠子；他问我云彩为什么不从天上掉下来，问我为什么额头上一道一道的；他说要爱我一直到太阳那里，说他要永远跟我和他妈妈住一起。每天早上，我都像回到二十年前，我的女儿也向我许下同样的诺言。真没想到，自己竟会又经历一遍这样的温馨时刻，我实在觉得太幸运了。

第三十章

人生，很奇特。从小到大，我都不敢相信幸福，我坚信它是可疑的。因为幸福它只是个引子，之后不幸就会接踵而至。我父亲的大发雷霆，就经常是在一顿愉快的晚餐或是一个开心的周末以后。我学会了永不放松警惕，因为不幸总是隐藏起来伺机出现让我们措手不及。我心里永远有个角落，会时刻准备着面对最坏的情况，就好像这种准备本身能够在不幸压过来时减轻它的冲击力。但是，几十年过去，我的看法变了。我现在知道，有时候，甚至经常，跟在幸福这个引子后面的，还是幸福。更重要的是，我知道了，反过来说才是真的：幸福才是藏而不露的，我们经历不幸，就是为了被幸福砸得措手不及。

第三十一章

我们租了一辆面包车去巴黎,小葛开车。他一路唱着歌,很幸福满足的样子。他觉得我们能走到今天这一步,跟他的帮助多少有点儿关系,毕竟是他第一个为我们做报道的。尽管如此,我还是想,要是他能安静地享受这自豪和满足就好了。

老顾睡着了,头靠在窗户上,张着嘴。

安东在我旁边,做着他的填字游戏。

罗丽看着窗外的风景。

老马在教乔菲用她刚买的手机。

"亲爱的,"罗丽叫她,"你真觉得八十三岁才对这高科技玩意儿感兴趣,还学得会吗?"

"年龄不是问题,"她反驳道,接着对老马说,"我最主要想学会发照片。"

老马开始向她解释,我一点儿也没听明白。罗丽向我投来会意的目光,我没理睬。不过我俩肯定都在琢磨同一个问题,那就是:乔菲要给谁发照片?

第三十一章

我用耳塞堵上耳朵,头靠在我丈夫肩膀上,闭上了眼睛。不知过了多久,我被一阵笑声吵醒。

堵车了。在我们左边的车道上,一辆校车里的中学生,正跟老顾比赛着做鬼脸。乔菲沉浸在她的新玩具里,无暇顾及。在老马的建议和帮助下,她刚为自己做志愿者的协会创建了脸书账户。

"现在的孩子真没教养。"老马恨恨地说。

"是你太老派了。"罗丽驳了一句。

"我只是受过正规教育而已。我女儿就绝对不会这么干。"罗丽讽刺道:

"你是说那两个把我的小狗染成玫红色的小姑娘吗?"

我记得这一段。罗丽吓坏了,以为自己的狗再也恢复不了本来的杏红色了。为了报复,她给那对双胞胎女孩儿烤面包片儿吃,但是在抹巧克力之前先抹上了厚厚一层芥末!

"这完全两码事嘛!我女儿她们那叫艺术。"老马下了结论。

一阵喧闹打断了他俩的斗嘴。老顾盯着旁边的校车,眼珠子都快瞪出来了。有两个孩子竟然褪下裤子把屁股贴在玻璃上,惹得车上的同学哄堂大笑。罗丽见状,解开安全带,转身面向他们:

"我现在就脱了上衣给他们看,让他们安静下来。"

"快把你那干瘪的苹果收起来,你会吓着他们的。"我说。

"我另外有个主意。"安东主动建议。

两分钟后,我们全都把假牙拿了下来,对着那一车的学生露出我们最动人的笑容。老顾还用手指把假牙敲得嗒嗒响。孩子们显然觉得恶心了,其中一个还做出了呕吐的样子。我们没能看到更多的反应,因为这时拥堵已经缓解,两个车之间很快拉开了距离。

"我看从今往后,他们都不会再露屁股了。"罗丽总结说。

"老马!我上哪儿去找封面?"

"什么封面,你要出书吗?"

"是这脸书,它问我要一个封面照片。"

小葛都快要笑疯了。我又堵上了耳朵,这一路,还长着呢。

第三十二章

这是我们第二次来巴黎。第一次来首都的记忆很不愉快。我们几个当中,只有老马和罗丽比较了解这个城市。小葛是在这里上的大学,他一路向大家介绍着两边的建筑。在埃菲尔铁塔前,乔菲陶醉了:

"实在是太美了!"

"你可以穿着你那著名的练功服爬上去。"我建议她说。

罗丽笑出声儿来,还假意掩着脸。乔菲不睬,接着关注她的手机。

我们到酒店时已经是下午五点。我浑身都痛,而且可以说是饥肠辘辘。路上我们在休息区停过一次,大家放松了一下。我听了外孙的建议,在麦当劳点了一个汉堡包,可我无论如何也没办法把嘴张那么大,结果一口也没咬着。

我们都被安排在了二层。我和安东的房间最大,这是用轮椅的好处。经过这一天的折腾,大家都同意先休息一下,再一起吃晚饭。

"欢迎入住人间天堂，小娘子。"安东一边说一边还冲我眨眼，"今晚我要让你永生难忘。"

"那我还是去和乔菲睡一个屋。"我说着假装要往外走。

安东笑起来。我们一共只住过三次酒店。那还是上个世纪九十年代，我们参加舞蹈比赛的时候。我不喜欢住酒店。面对人家提供的各种服务，我有点儿不知所措。比如，我做不到不打扫房间。我到前台借吸尘器的时候，他的惊愕表情我永远也忘不了。不过幸好我借到了，那床下的灰多得！结起的羊毛卷儿，让我怀疑我是不是到了爱尔兰！

我打开箱子，把衣服放进柜橱里，又把我俩的洗漱用品放进卫生间。离约好的吃饭时间还有差不多两个小时。安东躺在床上，叫我也过去。我到他旁边躺下，把头埋在他的颈窝里。

从小，我就惧怕死亡。我相信不光是我，几乎所有人都怕。只不过，大家通常是惧怕未知，惧怕虚无，也惧怕这个在之前和之后都正常运转的世界。我不怕虚无。知道地球在没有了我以后还继续转，是让我感到安心的。有时候，我看一座楼、一棵树，或是一个孩子，就会想象，他们之后还会在。这些其实我都不怕。我最怕的是，再也见不到我所爱的人，特别是安东。我已到了暮年，和我的丈夫共同生活了六十多年，天天，夜夜，可我还想要。和他在一起的日子，我还没有过够。

我母亲去世后，我去看过一次心理医生。当时我的生活完全被恐惧左右，每一段舒心愉快的时光，我都害怕是最后一次，害怕一切会突然停止。大夫默默地听我讲完，然后问了我一个

第三十二章

问题，到现在我还经常想这个问题。她问：

"如果人人都长生不老，生命的价值又会是怎样？"

随着年龄的增长，恐惧逐渐后退到只占据我思想的一个很小的角落了。有时还是能感觉到它的存在，但已经对我构不成实质影响了。有多少人年轻时就出意外，我能从容地变老、走近生命旅程的终点，已经很有福气了。最重要的是，我明白了一个道理：生命若是永恒，它便不会如此珍贵了。如果在我们大脑的某一个角落，没有了那个计时器，我们又怎会抓紧过好每一天、努力创造美好、珍惜生命的赐予呢？

随着经验的积累，我更加能确认：越是接近终点，我们越能意识到什么才是真正重要的，越是之前觉得毫无意义、无足轻重的，到后来越是重要。人也比年轻时更加敏锐。比如，在我进入人生跑道的最后一圈后，对身边触手可及的美好的关注，是之前从未有过的。落地又溅起的雨水，正在采蜜的蜜蜂；连寂静也是甜美的，喜欢的声音也是有旋律的；还有照在露珠上四射的阳光，鹂鸟的鸣唱，微风的轻抚……我们无时无刻不被美妙包围着。

我在酒店的软床上躺着，手感受着爱人的心跳，头随着他的呼吸起伏。他睡着了，我胳膊麻了。

我们下楼集合准备出去吃晚饭时，罗丽、乔菲、老马和小葛都已经在大厅了。罗丽的眼影抹得那个厚，我都担心她怎么睁得开眼睛。就只有老顾还没下来。

"我已经订好了座位，饭馆就在这条街上，这样就不用开车过去了。"

"希望那地方服务不要太慢。"老马说,"今晚不能睡太晚,明早大家都得很精神才行。同志们,白诺可就只等着我们上他的节目了。"

"可现在这老顾头不下来,说啥都没用。"罗丽叹了一口气,"他不会真睡着了吧?"

"我去叫他。"老马说着就向电梯走过去。

过了一会儿,他从电梯出来,还是一个人。

"他没来给我开门。"

"不太对啊。"乔菲紧张了,"他一定是出什么事儿了。"

安东建议:

"走,请前台帮我们打开门去看看。"

我们一窝蜂拥到了前台。服务员耐心听完我们的要求,说:

"我很抱歉,我不能随便打开客人的房间。"

"可要是我们的老朋友出危险了呢?!"乔菲情绪激动起来。

我也一下子开始担心起来,完全顾不上自己会不会食言,下一秒,我听见自己对前台那位年轻女士说:

"您不开门,我们就去把它撞开。"

她保持微笑,看着我们又重复了一次:

"我很抱歉,我不能随便打开客人的房间。不过,如果你们说的是那位用助步器的先生的话,你们刚到不久,我就看到他上出租车离开了。"

第三十二章

1987

周六晚,我们照例又聚在罗丽的客厅里。《家族风云》已经演完了,我们的周六聚会仍然继续。乔菲做了一个西红柿派,我们一边吃一边评论老马的这个新未婚妻,或是马丽刚剪的、巨难看的新发型。不在场的人永远都是取之不竭、用之不尽的话题。

苏珊今天不像平常那么话多。罗丽有点儿担心:

"亲爱的,你今天脸色可有点儿不大好。老顾的那些玩笑总算把你给听烦了?"

"不是。"苏珊回答,"不过,他的乐观我确实是由衷地佩服。他讲完笑话从来就没有人笑,可他仍然坚持不懈地讲。我丈夫的确是个人物。"

乔菲呵呵笑起来。

"其实他能把我逗笑。但我偏不当着他的面笑出来,要不他该骄傲自满了。"

"那你还有什么心事?"罗丽不解了。

"我最近身体有点儿小问题。"苏珊轻声回答,接着竟哭了起来。

我们几个同时弹起,把她围在中间。

苏珊慢慢平静下来,罗丽又给她倒了两大杯酒。她把

酒喝下去后，才告诉我们，昨天她刚确诊了乳腺癌。医生说发现得还算及时，目前也有有效的治疗方案。

"你为什么没早跟我们说呢？"罗丽问，"亲爱的，这好几个星期的各种检查，你肯定担心害怕死了。"

"我学着鸵鸟，用尽一切办法不去想它。我觉得不去谈它，它也许就不会是真的。我就只告诉了老顾，孩子们还都不知道。方姿刚生了小孩儿，艾柯正准备结婚。"

"这个破病，你肯定早晚把它打得稀巴烂！"罗丽一边大声为她打气，一边把大家的杯子又都给满上。

"对！我们都在这儿，给你鼓劲儿加油，支持你。相信我们！"乔菲一边说一边为苏珊按摩着后背。

"就是！咱们是朋友，朋友就是干这个用的！"罗丽赞同，"对吧，马琳？"

我没回答，我答不出来。这个消息太令我震惊了，我还没有反应过来。怎么可能这样？！命运怎么会如此残酷？！我理解苏珊，完全能感受到她的恐惧和焦虑。我慢慢地站起身，挪了一两步，又跌坐在沙发上。我的三个朋友直直地盯着我："马琳，你不说点儿什么吗？"

"我不知道该……"我声若蚊蝇。

"可现在苏珊她需要我们帮助啊！"罗丽忍不住，不耐烦地大声喊起来，"你到底怎么了？"

我闭上眼睛，深深地吸了一大口气，颤抖地说：

"我也是，乳腺癌。"

第三十三章

前台接连给三个出租车公司打了电话,才找到是谁来接的老顾。得知目的地后,我们就明白了。于是大家决定晚餐顺延,先去找我们的朋友。我的肚子是有意见的,但好在它的抗议只有我听得见。

我们坐进面包车,一路上都没有说话。安东一直握着我的手不放。

拉雪兹公墓这时已经关门了。我们找了一小会儿才看到老顾,坐在公墓入口旁的汽车站等车棚里。小葛把面包车开到他旁边停下。老顾默默地折起助步器,上了车。老马扶着他的肩问:

"还好吗?老朋友。"

"我向她许诺过。"

老顾和苏珊是在一次舞会上认识的。他们跳的第一支舞就是皮亚芙唱的《爱的颂歌》。

"她是我最喜欢的歌手。"当年的姑娘小声在小伙子的耳边说。

于是皮亚芙立刻也成了小顾最喜欢的歌手。他们住到一块儿后，第一次一起买东西，就入手了一个留声机和一张《玫瑰人生》黑胶唱片。皮亚芙出的每一张唱片他们都买，可以说他们的生活中每时每刻都有皮亚芙的陪伴。在他们结婚十年的纪念日，小顾送给苏珊一张皮亚芙演唱会的票，而苏珊竟然也准备了同样的礼物给小顾。我还记得，皮亚芙去世时，苏珊的难过是无法安慰的，她简直是失去了一位至亲。

"我答应过她，我们要一起来她的墓前瞻仰。"老顾叹息，"这对她很重要，她经常和我说起这个计划。可我一直不慌不忙，觉得我们还有时间。今天我总算是赶在关门之前到了，走得比任何时候都快。我带了一束苏珊最爱的牡丹花，放在了皮亚芙的墓前。"

乔菲抹去脸上的泪水，轻声说：

"我学到的教训是：为了爱人，绝不能拖延。我的贾樟一直想去意大利，那是他的祖辈生活的地方。可我一心想要孩子，觉得意大利又不会跑，可以等的。这世上，最大的遗憾就是各种的'太迟了'。"

我握了一下安东的手。在这个车里，在整个古里巷，我们是唯一双方都还健在的一对。

"我有人了。"乔菲害羞地又加了一句。

"这我们可是没想到。"罗丽说。

"我对自己承诺过，永远不再爱了。可是，又能怎么样呢？对自己的承诺，即使守不住也不会伤害别人。"

第三十三章

"那小子是谁?"老马问。

"你们不认识,是我那个协会里的,是去儿童医院做志愿者的。我很早就认识他了,有时一起聊聊,但我从来没有想过我们之间会有什么。直到有一天,他吻了我,我才明白。"

"啊!那是当然,他这信号很明确。"罗丽说。

"生活总是出人意料,"乔菲不理会她,继续说,"有时候是惊喜,有时候是不测。其实能由我们自己掌控的少之又少。风能把这扇门刮得直接关在你鼻子上,也会把另一扇窗吹开。我也不知道自己是不是爱他,但我喜欢和他在一起。他不停地给我发短信,我觉得我又回到了二十岁!"

我感到安东的目光盯着我。我转头对他笑笑。虽然乔菲并没有因为独居而痛苦,但我仍然为她高兴。又看到她幸福快乐的笑容,我觉得温馨甜蜜。

我的丈夫没让我感到又回到了二十岁,在他的目光中我已经很久没有触电的感觉了。可无论如何我也不愿意换回到我和他最初在一起的激情感觉。我更喜欢多年来我们共同铸就的坚固和相互赢得的信任,还有相互的了解,这让我感觉安全实在。我们的关系就是我的家,即使蒙上双眼也毫无问题,我知道每一堵墙每一扇门的位置。我的家,就是我们俩。

当回忆 来跳舞

1988

来了很多人。邻居、亲戚、老顾的同事、朋友,附近的商贩。善良的苏珊人缘很好。

我在一个周一拿到了赦免书。接下来的周四,苏珊却得知她的病情没能得到控制。她在古里巷,在大家的陪伴中走了。

老顾和孩子们相互支撑着。他们在教堂的发言,让最坚强的心都会流泪。老顾的话,更是深深地震撼到我:

亲爱的:

我到处都找遍了,你不在房间里,不在绣了我们名字开头字母的被单下;也不在院子里,修理着山茶花;你不在厨房,做着最拿手的炖汤;你也不在绿地上,仰着脸晒太阳;不在方婆家,推着摇篮里的小外孙;你也不在罗丽家,和你的朋友们一起欢笑。

我要围绕地球,去每一个国家、每一个村落寻找你。我要穷尽一生去找你。可是,我知道我找不到了。你已经不在这个世界了。

我们的被单依然绣有你名字的开头字母,院子里的山茶花依旧在开放,绿地上的阳光依然明媚,你的小外孙依然喜欢有人推他的摇篮,你的朋友们依然会在一起欢笑,

第三十三章

可你不在了。

我不再寻找了,我知道在哪里能找到你。我闭上眼睛,你就在那儿,我重温和你在一起的每时每刻,我能看见你的微笑,能听到你的声音,我也能闻到你用的香水的味道。

你永远活着,在我的回忆里。

我的珊珊,我爱你。

葬礼之后我们一直没离开老顾。安东和老马陪着他,乔菲、罗丽和我收拾着鲜花、花环,以及未能到场吊唁的亲友寄来的卡片。葛琳一直跟方娑和艾柯在一起。我仿佛又看到他们小时候的样子,对生活只有渴望,全然不知世事难料。今天,在我眼里,他们是穿着丧服的三岁小孩儿。

我们上楼睡觉时,已经很晚了,我们还沉浸在虚空的感觉里。安东面朝墙坐在床上,后背突然抽动起来。我走过去,久久地抱住他。我们就这样抱在一起,哭我们逝去的朋友,哭人的这一辈子。安东把我抱得更紧了,抬头看着我:

"你还记得有一天晚上你告诉我:没有我,你一天也不愿意自己过吗?我爱你,亲爱的,你不知道我有多爱你。我一直爱着,在认识你以前就爱你。我在不知不觉中就会想你。你生病的那段时间,我真的怕得要命……"

我用手背为他擦着眼泪,轻轻地说:

"如果你不在了,我一秒钟也不想再待在这个世界上。"

第三十四章

这是我第一次由专业化妆师化妆。我的皮肤,远看粉嫩如桃,近看皱如麻花。

我们在休息室,等着被叫到直播间。大家都很紧张。再过二十分钟,我们就要面对超过五百万的观众,接受直播采访。这令人目眩。

小葛简单地向我们讲清楚了电视采访的流程。我们的回答要简单明了,按顺序发言,保持冷静。

"你们越是和善,观众就越能赞同你们的诉求。"他解释说。

罗丽笑了:"换句话说,如果马琳开口的话,那我们就完了。"

"你什么意思?"我问。

"你很清楚我的意思。亲爱的,你就像做肠镜一样和善。"

老马也笑出了声。老顾接着补了一句:

"确实啊,你好像永远都是遭人揪着胡子被人胁迫的样子。"

"你们太过分了,"乔菲插进来说,"她也有让人愉快的时候。"

此时我只有一个愿望：离开这里，回家去，再也不要见到这一群无用又粗鲁的人！可我却改变不了自己已经和他们绑定在一起的事实，这是我必须面对的。我盯着罗丽说：

"你和善！你朋友遍天下！所以你指定继承人才那么难吧？亲爱的罗丽，是要留给卷毛狗，还是要留给……"

"亲爱的，你别太……"安东小声劝我。

我哪里还听得进他的话。他们已经揭开了盖子，我的反击便毫无遮拦地一股脑儿全部井喷了出来。

"还有您，老马！"我接着说，"您多有智慧啊，成天俯瞰全世界。水平高得，就没一个老婆能配得上您。"

"马琳，您这样说就恶毒了。"他抗议道。

"恶毒？我倒是恶人了？您还记得您是怎么对我、怎么对我们的吗？我一辈子也忘不了那天早上您和安磊还有马丽一起，我经过时当我是空气，完全无视我。您是谁啊？能那样审判我、给我定罪？！我们也同样的痛啊！"

老顾站起来，面向着我。我已经满脸是泪。

"马琳，您冷静一点儿。把过去翻出来没有任何意义。你们、我们都经历了无法描述的痛，谁不是挣扎着拼了半条命才挺过来的。大家都有难言之处，但此时此刻，我们马上要上直播。其他的，等大家都冷静下来再谈。好吗？"

我同意了。罗丽气得脸通红，老马盯着自己的鞋尖儿看。小葛对着我，咧着嘴同情地笑了笑。这时，门开了，一个头戴

耳机的年轻人示意我们,该我们出场了。

1989

我不知道我来这儿干什么。

不,我知道我来干什么,但我宁可没有来。

我怎么就答应来了呢?

"准备好了吗?"安东问我。

他穿一身黑套装,灰白头发梳得服服帖帖,帅极了。可是从神情看,我知道,他很紧张。

当教我们舞蹈的罗老师建议我们参加今年在我们这个地区举行的全法交谊舞锦标赛时,我一度以为她在开玩笑。安东立刻激动地表示很乐意。从他不打网球以后,就没再参加过比赛了,估计是想过把瘾。那时离开赛还有六个月,还很遥远,所以我同意了。现在,我已经不能打退堂鼓了。

"你俩是第三对儿上场的。"罗老师提醒我们,又紧接着说,"我不是随便推荐你们来的,我相信你们能行!你俩一起,不是跳舞,是看得见摸得着的陶醉,是魔法。现在,把担心和紧张都留在更衣室,你们上去,带大家遐想去吧!"

我们很快就确定了参赛要表演的舞蹈。无须多想,就是探戈。

第三十四章

我们进入舞池时，我双腿发抖。之前的两对参赛者都发挥得很好。我的目光想寻找葛琳、小葛、罗丽、乔菲和老顾，但很快就不得不放弃了：现场人实在太多。评委们个个都很专注。我们就位，我的手与安东的手掌对上，他的胳膊在我的背后也放好了，一切就绪。我只希望我的心跳声不要盖过音乐声。

接着，魔法开始了。皮亚佐拉的《爱的悔意》开始了它忧伤的吟唱。我的身体完全被钢琴、小提琴和手风琴所左右。我们的脚滑动着，舞步无缝连贯，舞姿不停地变换，安东和我合二为一。曲终，我意犹未尽。掌声四起，那是给我们的。我们谢幕回礼。安东眼里的火花，还在继续舞蹈着。

罗老师在后台等我们，她激动万分地说：

"你们赢了！绝对的！"

结果出来后，她有些失望。我们却一点儿也不觉得。因为除了铜牌，我们还赢得了一次永生难忘的回忆。

小葛在领奖台下等我们，像一只骄傲的孔雀。在他看来，他的外公外婆是真英雄。安东把奖牌挂在他的脖子上时，他好几秒钟合不拢嘴。接下来一整晚，奖牌一直挂在他的脖子上，他脸上的美滋滋的笑容没有停过。

然后我们都去了葛琳工作的餐厅吃饭。今晚她不上班，而是和我们一起用餐。席间，主厨小詹几次出来嘘寒问暖。他每次来，我的女儿都乐开了花。去年，她向我们正式介绍了他。我们立刻就喜欢上他的体贴和他看葛琳——还有葛琳的儿子——的眼神。跟葛琳一样,小詹也是不久前刚结束一段纷乱的感情,他俩都希望在搬到一起住之前,再多花些时间接触和了解对方。安东宣布他完全不懂现在年轻人的爱情,我告诉女儿我认为他们的决定是成熟和经过三思的。但心里偷偷想:你们就是一直接触和了解下去我也没意见,我的女儿和外孙一直住在我家我才最开心。

我可能那时应该把心里的想法大声地说出来才对。

吃过饭回到家,葛琳哄孩子睡下,就来说要跟我们谈谈。

"呃,我也不知道该怎么和你们说,"她含混不清地开始说,"但我知道你们希望我和小葛都过得好。所以我希望你们会理解。"

这么讲究的开场白可不是什么好兆头。她接着说:

"小詹想自己开店,他希望我能和他一起干。小詹是个有天赋的厨师,大家都想找他。我认为他会成功的。所以我同意了。"

"好吧,"安东回答,语气有所保留,"这是个好消息啊,为什么做那么多铺垫才说出来?"

葛琳吸了口气,豁出去了:

"因为小詹他想回老家洛杉矶开店。"

我想说话,但都被堵在喉咙里。安东就像遭了电击。葛琳接着说:

第三十四章

"我觉得他计划得不错。他来法国学厨艺就是为了回去开餐馆。美国人喜欢法国美食，客人会从四面八方来的。而且，你们也知道，我从小就梦想着去美国。现在机会真的来了。我希望你们能鼓励我，要不然的话，我的快乐也会减半的。"

我的女儿蜷缩到我怀里抱住我。我尽量表现得很开心。

"这计划是很好。"我终于说出来这么一句，"你们打算什么时候走？"

"过一个月。我们订了4月7号的票。到了那边，先在小詹的朋友家借住一阵，同时找地方。全都安排好可能需要一段时间，我担心小葛，他还不到七岁，最需要稳定的环境……"

"葛琳你到底要说什么？"安东突然打断她，声音发抖。

"我觉得小葛最好是继续留在你们这里一段时间。"

第三十五章

我们都坐在白诺对面。直播室里十五六双眼睛、五个摄影机对着我们,我不敢再想象此刻坐在电视机前看着我们的还有多少人。我已经紧张到不能动弹。

白诺向电视观众逐一介绍了我们,接着又简短地介绍了我们的抗争。然后放了关于我们的报道,包括我们占领超市和说唱宣传的影像。在场的有些技术人员笑了起来。

现在该我们说话了。主持人拿出了事先准备好的问题清单,每人都有一题。他从左边开始,老顾是第一个。

"得知政府计划拆掉你们的小区去建一所学校时,您的反应是什么?"

"一开始我以为是个谣言,并没有相信。可后来发现是真的!他们轻轻松松平平静静地就决定都拆了。我可以说是被这个消息压垮了。我们家里的四壁和房顶,不仅仅是个房子,那是装满回忆的盒子。我们的回忆。任何推土机都别想推平我们的回忆。"

第三十五章

白诺转向老马,问道:

"在报道中我们看到,镇长坚持他的立场。您觉得你们的行为会让他屈服吗?"

"作为维权抗争行动的领导人,"老马妄自尊大起来,"我可以有把握地告诉您:我们决心已下,不会退缩。我们不只在为我们自己,也在为全世界不公正的受害者而战。有权有势的人认为可以像踩死蚂蚁一样压迫我们,而且不负任何责任。我们要让大家看到,蚂蚁团结起来,也一样可以改变世界。"

老马的目光找到拍摄他的摄像机,直视镜头,举起拳头高喊:

"电视机前的观众们,遭受不公和被压迫的人们,在这场力量悬殊的斗争中,请支持我们!我们誓将战斗到生命的最后一刻!"

老马如此谨慎地拿捏住了分寸,倒是让我惊异。白诺对我微笑,说道:

"看得出来你们非常团结。你们古里巷的历史一定是充满友谊的历史吧?"

我感到罗丽担心地看着我。

"我们搬进古里巷是 1955 年,那时我们都是二十多岁。之后,我们一起经历了人生种种难忘的时刻,有最大的快乐,也有最沉重的悲伤。我们的关系是永固的,不可摧的。老实说,这么多年过来,当然不只有美好。有过高光时刻,也经历过低谷。但有一点我毫无疑问,那就是:如果古里巷一人有难,我们所

有人都会伸出手的。"

下一个是罗丽了。我转头看向她,她朝我笑笑。

"您觉得镇上确实需要再建一所学校吗?"主持人问她。

"可能吧。如果镇长这样说,我权且相信。"她边说边朝天翻了个白眼,"但镇上那么大,其他地方也可以建学校啊。实际上,镇长之所以决定拆掉古里巷,是因为在他眼里,老人不如小孩子有价值罢了。"

安东深吸一口气,现在白诺向他提问了:

"我猜着,到您这个岁数,会向往安宁的生活。这场斗争,会不会让您觉得太累?"

我丈夫点点头,说道:

"是的,我们全都累坏了。从这件事开始以来,我睡得比以往任何时候都好!您知道,我工作了一辈子,本来是希望有个祥和的退休生活。在我们这个年龄,我们最需要安详平和。可我得承认,参与制订和实施行动计划,让我获得了很大的快乐!生活是需要辣椒面儿的!我们的身体感觉到劳累,但我们的精神正在经历第二春!"

最后一个是乔菲。主持人问了她一个很短的问题:

"大家都在谈论您的练功服,可以说它已经成了你们斗争的一个代表物件。很遗憾今天您没穿着来。"

"我穿了!"乔菲微笑着,十分肯定地补充道,"不穿练功服我是不会出门儿的。"

她一把扯开扣子,把上衣脱了一半。好几秒钟以后,才想起来,今天她的练功服确实还在箱子里。超过500万的电视观众,今天不光是知道了我们的故事,也看到了乔菲的本色内衣。

1990

小葛也走了。

葛琳和小詹很快就找好了地方。他们的开店计划吸引了一个投资人,他帮助他俩进一步完善了计划书。餐馆在他们到洛杉矶六个月后便开张了。

葛琳想得没错,主厨带来的法国味道在当地大受欢迎。虽然还没到他们必须挑选顾客的地步,但挣到的钱已经让他们买上了一套公寓。就只差把小葛接去一块儿生活了。

葛琳回来接走了他。我和安东目送着飞机,直到再也看不见。

回到家,家里没有了孩子住过的痕迹。

我拒绝难过。小葛应该和妈妈在一起。他在那里会幸福的。我甚至觉得他已经很幸福了。

头一个月,他天天给我们写信。

第二个月,他每周给我们写信。

第三个月,我们寄去的信没有回音。

我每天把行程安排得满满的,什么活动都去参加,包括那些过去躲还来不及的事。我从不歇着。家里从来也没

有这么干净过,厨房的地面简直要洗脱色了。朋友们也更多地陪伴在我身边。

  罗丽每晚下班都来看我,给我讲白天遇到的趣事。我最喜欢的是,有个客人要罗丽给她剪电影《人鬼情未了》里女主角的那种短发。罗丽照办了,给她剪了个一模一样的。结果客人又不喜欢那效果,她竟然把头发捡起来要罗丽给她粘回去!

  乔菲差不多每周都来给我送两次她做的糕点,然后陪我坐一会儿,把她送来的点心吃掉一大半才走。

  我甚至还和老马的这一任妻子阿莱有了交情。不过这回,变成老马提出要离婚了。老马表示,下一个看到他裸体的,只会是殡仪馆的员工。

  安东填补虚空的办法就是在家里各处胡乱扔东西,就像小葛在家时一样。我知道,这对于爱整洁的他是多大的牺牲;我也知道,他有多想念他的外孙。他更愿意先抹去我的悲伤。

  再过几个星期,我们就能见面了!葛琳说他们暑假肯定要回来,和我们一起去莫佳的那个农舍。我买了一本漂亮的日历,上面有铃兰花的照片。我开始数着天数过日子。

1990

  我们到了莫佳。我们每个夏天都来这里,差不多有十

第三十五章

年了,我已经有了回家一样的感觉。我们留下幸福的地方,总是有点儿家的感觉。

我们从来没有如此迫不及待地要赶到那里。一想到我们会在那里和葛琳还有小葛度过整整两周的时间,我们真的等不及了。我把所有的窗户都打开,收拾好了床,又去剪了几枝玫瑰花拿进屋子里插好。然后我们去渔港买了刚捕回来的鱼。飞机要傍晚才降落,然后他们至少还需要一个多小时才能到这里。我们有充足的时间做好晚饭。

在海边悬崖路上,我向着大洋彼岸抛了一个吻。回忆汹涌。安东不停地讲话,掩饰不住的快乐。

回到家,我收拾鱼,安东削土豆。放进烤箱里设定好时间,我就去摆餐具。我们坐在外面等他们。烤箱设定的时间到了。太阳落下去了。鱼放凉了。

我们不敢想象他们会发生什么事。我们出去找了一个电话亭,给留在洛杉矶照顾餐馆生意的小詹打电话。我最后一次跟葛琳讲电话是三个月以前了。她餐馆的事情忙,我打过去没人接的话,一般就给她留言。也许他们改了日程忘了告诉我们。

响了三声,葛琳接了。

她说真是太不好意思了!因为各种原因她不得不取消了行程,可是,忘记通知我们了。这段时间她脑子里要处理的事情太多,希望我们不要怪她,小葛已经把她批评得够呛了。她也是等不及想见我们,但是整个夏天餐馆都订满了，实在走不开。她知道有件重要的事情忘了办，但又想不起来是什么了。她还是祝我们暑假愉快，她和小葛都亲亲我们。

我们只在农舍待了两天就走了。明年再来吧，这次不想让难过的情绪影响这里。反正天气也差劲。

第三十六章

我们坐在卢森堡广播电台①的晨报直播间里。昨天从电视一台的直播间出来,我们就变得比摇滚明星还火。整个下午和晚上,我们一直被支持者包围着,寸步难行。大多数人鼓励我们,坚持斗争不要放弃。他们祝贺我们取得的成就。也有不少人告诉我们,自己也曾遭受过不公正待遇。所有这些当然都很不错,可送走了三拨儿人之后,我差点儿开始向第四拨儿收咨询费了。还有些大方的,要求与我们合影。每一张我都做了不同的鬼脸。一个年轻人把《世界报》拿出来,请我们在报道我们的那篇文章的版面签名。我们六个人中,要数乔菲最受欢迎。每次有人恭维她,她都开心得咯咯笑,我看得出她费了不少劲才忍住不向大家展示她那上午刚出了名的本色内衣。

老马盛赞我们在电视上的发言:

"你们个个都是最优秀的队友!现在整个法国都支持我

---

① 卢森堡广播电台:RTL,属于卢森堡广播电视集团,在欧洲有一定的影响力。

们,希望镇长他能顶得住。哎,不对,我还说错了,是整个世界都站在我们身后!"

没有人再提起直播前的争吵,但我知道,也没有一个人忘记。

很多记者要求采访我们。因为我们在巴黎只待两天,所以不得不进行甄选。今天的日程已经排满,头一项就是在卢森堡电台。比起昨天,我的心情没那么紧张,脸上的妆也没那么浓了。主持人首先向听众介绍我们:

"大家都在谈论他们的事,他们的名字可以说是一直挂在大家嘴边儿。几周以来,这六位被称为'辉煌八十'的八旬老者,与他们的镇长展开了激烈的斗争。事情的起因,是新建一所学校的规划,需要拆掉他们的房子。他们坚决不愿意接受,于是采取了多次行动,旨在逼退镇长。大家可能都在网上看到过他们在周六的下午占领当地大超市的画面,也听到过他们几近疯狂的说唱片段,该片段在网络平台已经有了二百万次的点击量。他们的镇长仍在坚持自己的立场,公众舆论却做出了截然不同的选择。乔菲、马琳、罗丽、老马、安东和老顾已然成为大家的偶像。今天我们有幸请到他们做客我们的演播室。"

问题一个接一个,我们轮流回答。还好小葛早饭时又帮大家准备了一下。老顾无法控制,必须这儿那儿地穿插他的笑话,罗丽在尽量少用粗俗的表达,而我则在全力集中精神。最近几天因为疲劳,我常常走神儿。

"现在,我们进入回答听众提问的环节。"主持人宣布,"第

第三十六章

一位打进来的,是巴黎的小花。你好,小花,请讲。"

"各位好!"小花说,"我想对您的嘉宾说句话:你们实在是太棒了!你们用行动证明了,年龄不是问题,任何时候我们都可以为自己而奋起反抗。你们是大家的榜样。我希望镇长能听听你们的心声。我跟很多人一样,站在你们这边。"

我们感谢小花,老马说要寄给她一张我们签了名的照片。然后我们接听了下一位听众的来电。

"大家好,我是米锲,来自利摩日①。我就想问问,你们真的觉得有必要斗下去吗?我的意思是,别再自己骗自己了,你们的胜算很小。到了这个年纪,所剩时日有限,用来做更愉快的事不好吗?"

"小米你好,"罗丽答复他,"感谢你的提问。你买彩票吗?"

"有时候买。"他承认。

"那中奖的机会也同样是非常渺茫啊!亲爱的,不能还没开始就认输,否则什么事也做不成。"

"又一位听众打进来。"主持人说,"您好,来自图卢兹的方女士。对'辉煌八十'您怎么看?"

"您好。谢谢您接听我的电话。"

我一下子就听出了方娑的声音。从老顾紧张的眼神我看得出来,他也听出了是自己的女儿。

"说实话,我觉得他们挺可笑的。在这个年纪,他们本应

---

① 利摩日:Limoges,法国南部城市,法国陶瓷器等的工艺精品制造中心,以从中古世纪保留下来的陶瓷与珐琅的技艺而闻名欧洲。

该为大家做出表率,而不是在全国人民面前扮小丑耍滑稽。我有个问题想问他们。"

"他们在听着,您讲。"主持人答道。

"我想知道:你们是否认为,镇长的决定与当年让他双腿瘫痪的事故有关系?"

1995

狄迪要过四十岁生日了。我不敢相信,从他在绿地上、在古里巷全体住户的鼓励下迈出第一步,已经过去了三十九年!

他妻子为他准备了个大惊喜:请来了他所有的朋友。她背着他,在公婆的帮助下,悄悄忙活了好几个月。

葛琳也在被邀之列。今早她和小詹、小葛一起回来了。从他们去美国到现在,已经五年了,这是他们第一次和我们再见面。上次之后,他们又取消过三次回程计划,我们就不再抱任何希望了。也想过飞去看他们,可是因为安东的心律不齐,医生不建议长途飞行。

我尽量不去怪女儿,我保证过我尽量不怪她。餐馆占据了她绝大部分的时间,而且,如今她的生活确实不在法国而是在大洋彼岸,在她儿时的梦想里面。她有时间就会给我们打电话。小葛每年夏天都会从夏令营给我们寄一张

第三十六章

明信片。

他们要在家里和我们一起住。这一次,在百分之百确定他们是真真切切地要到之前,我没有做任何准备。确定之后,我才往超市跑,把他们喜欢的东西买回家装满冰箱。安东在家,把柜橱腾出地方给他们用。他们计划住一星期。

葛琳变了。头发染成金色,身材更苗条了。她一次又一次地拥抱我们,不停地说有多想我们。小葛留着半长头发,讲话时带着美国腔。空间距离催生了情感上的距离,这是双方都能感到的。他伸出手,和安东打招呼。

今天晚上,家里就我们和小葛。葛琳和小詹去参加惊喜生日会,决定把孩子留在家里。他躺在沙发上,手上拿着个小玩意儿不停地按着,眼睛离不开屏幕。

"你在干吗呢?"安东问。

"玩儿'游戏男孩'。"

"哦。"我丈夫并没有比刚才知道得更多。

然后一阵安静。

"你饿了吗?"这次换我问他,"我做了你爱吃的奶酪意面。"

"呃,我不太饿。"

"要不要来下跳棋?以前你可是从来不输的。"

"不用了,谢谢。"他用英文回答道。

眼前的这个少年,眼睛一直都没有离开游戏的屏幕。

我亲爱的小外孙变成了一个令人无法忍受的前青春期孩子。我对于家人重聚的美好预期正在化为失望。我决定再做最后一次努力：

"要不咱们出去散散步？像以前一样，去马老师家按门铃然后玩儿消失？"

作为对这个提议的全部反应，小葛起身离开沙发上楼回房间了。

意思再明白不过了：他不想见到我们。

我不知道是怎么回事，反正当时是气疯了。我冲上楼梯，像西部片里的牛仔进酒馆那样撞开房间门：

"你给我听好了：我不知道在美国你们怎么过，但是在我家，是有规矩的。第一条，就是要互相尊重。你现在就把手上那玩意儿给我关了，然后下楼去客厅，和你说话时你眼睛看着我们，这是起码的礼貌。这五年里我们天天都在想你，我不愿意相信我天天想的是这么个没有礼貌的小子。现在我去楼下等你，你有一分钟时间跟下来。"

我出了房间，又重重地撞上另一道门。安东站在门口，眼睛睁得溜圆。我猜我自己也差不多是同样惊恐的表情。我从来没有对任何人发过如此大的火，就像被另一个人附身了一样。我感谢这个附身于我的人，因为，在接下来的三个小时里，小葛吃了意面，赢了三盘跳棋，教会了他外公玩儿他的电子游戏，然后上床去睡觉了。在那头中长的鬈发下，他还是我们的小外孙。

第三十六章

我躺下的时候，心满意足。已经很久没有这种感觉了。

天还没亮，一阵门铃声把我们吵醒了。两个警员站在门口，说有人出了车祸。

1995.7.23

这一部分内容，是我在2003年补写的。这之前，我实在没有勇气拿起笔。

这一天，古里巷炸裂了。

葛琳开车，小詹坐在副驾驶位置。狄迪和艾柯坐在后排。生日会结束，他们还不想告别。于是艾柯建议，大家一起去看铭刻他们童年记忆的地方。他们全都很兴奋，忘情地欢笑着。没人看到那辆小货车。

我们开车带着老顾和小葛赶到医院。马丽和安磊已经在那里了。警员没能向我们提供更多的情况，几个医生出来把伤势告诉了我们。

葛琳颅脑外伤，医生用药让她处于睡眠状态。

小詹的腿粉碎性骨折，正在手术中。他们要力争保住他的腿。

狄迪的脊椎多处骨折。

艾柯多处骨折,还伤及多个内脏。他在昏迷中。

每一天的每一分钟,我们都守在孩子们的病床前。我们的生活暂停了,悬在医生的病情报告上,被希望和失望交替控制着,就像坐在过山车上,害怕每一个弯道,希望能平稳到达终点。

不幸的是,不是所有人都能平稳到达。

一个月后,虽然还不时感觉眩晕和头疼,但葛琳可以出院回家了。

小詹的腿保住了,医生还说,能恢复到只有轻微的跛行。

狄迪的双腿完全瘫痪。

艾柯没能挺过来。

第三十七章

开始下午的访谈之前,小葛决定带我们到巴黎的最主要景点观光打卡。我们基本是坐在车里"到此一游":蒙马特高地、埃菲尔铁塔、凯旋门、红磨坊、荣军院,我们用眼睛从车窗饱览,同时耳朵也不得闲,因为在每一个地方、从每一个角度看那些名胜,乔菲都声嘶力竭地赞叹,我简直替她的肺紧张。

"我们还有一点儿时间,"小葛说,"你们要是愿意,咱们可以下车真正参观一个地方。大家有什么特别想看的吗?"

当然有!还不止一个。老马想去卢浮宫,罗丽想进巴黎圣母院,老顾想沿着塞纳河走走,安东想去无名战士墓前瞻仰,乔菲想看巴黎蜡像馆。

"你要喜欢蜡像,看看罗丽就行了。"我说。

"蜡像总比陈年变味儿的炸糕好。"罗丽自卫。

"得了吧,你那脸拉得那么紧,每次你笑我们都担心会裂开。"

"我能讲一句吗?"乔菲插进来,"我们得接受人与人不同才行。有些人喜欢纯自然的风景,有些人喜欢经过修饰的人工景观。再说到蜡像博物馆,不是为了拉票啊,但皮亚芙和梦露的蜡像都在里面。"

最后一句拉走了老顾和罗丽两张票。一个小时后,我们都在蜡像馆里,看着用蜡做的各类名人的像或不像的复制品。有的人在布拉德·皮特和迈克尔·杰克逊的蜡像前激动得几近晕倒。这在我看来实在有些难理解,也不禁让我想起我的姨妈陆思,她每天早上都必须得摸摸小卡和小米——那是她的两只已经做成标本的猫咪。

我推着安东的轮椅在蜡像馆里转悠,他睡着了。这两天的访谈,他虽然乐于参加,但确实累人。我真想快点儿回到家里,再过上本来平静的日子。小葛走到我身边,说道:

"外婆,感觉怎么样?"

"还行,还行。就是有点儿像在恐怖片里,随时担心哪一个蜡像会突然对游客发起攻击。你呢,怎么样?"

"非常好!和你们一起经历这一切,我真的特别高兴。"

我伸手摸摸他的脸。这时安东醒了,可能还是因为劳累,他急着要上卫生间。小葛帮助他从轮椅里站起来,去卫生间的这几米距离,搀着他走过去。

我看着他们的背影,年轻的扶着老的,记忆的片段又在脑子里浮现:小葛骑在外公肩膀上大笑,安东以自己为中心拉着外孙转圈儿,在莫佳的海水中安东教外孙游泳。我还不能严谨地证明,但我已经可以写下来这句话:小葛这次回来,是我生

第三十七章

命中最大的幸福之一。

"外婆，快来！"

外孙的声音把我从回忆中拉了回来，我疾步走到男卫生间，只见安东躺在地上，小葛跪地伏在外公身上。

第三十八章

等待应该是世上最难以忍受的事了。在等待中，希望与恐慌搏斗着，不知道谁会赢谁会输。

我们一辈子都在等待。

等着知道他是否还活着，等着孩子的降生，等着能怀孕，等结果，等诊断，等事情过去，等着什么能停下来，等着什么能运转下去，等待别人，等待幸福，等待终点的到来。

我们取消了所有的访谈预约。所有人都在急诊室的等候区陪着我。小葛面无血色，我已经不会动弹。

救护车把安东送到急诊室时，他恢复了意识。但我在见到他之前是不能放心的。

前台叫了我的名字，我从座位上弹起，向她走过去。

"马女士，大夫可以见您了。在8号诊室，您跟着蓝色的箭头走，过了那扇门就是。"

"谢谢您。"

就在我转身离开时，她又加了一句：

第三十八章

"我支持你们！'辉煌八十'干得漂亮！"

我动了动嘴唇，说出的那声"谢谢"应该是轻到没人能听得见。然后便跟着蓝色的箭头向前走，一边努力让心跳不要太快。

到了8号诊室，我拉开滑动门。

安东穿着病号服躺在床上对我笑。我哭着扑向他。他摸摸我的手，用头示意我看后面。我转过身，一个医生穿着工作服，正看着我，并向我伸出手。

"大夫您好，我是马先生的妻子。"

"女士，很高兴又见到您。您赶到医院时，我们见过。"

"哦。"

"像我之前跟您说的，我们给您丈夫做了扫描检查，没有发现任何脑部损伤，这一点可以放心。我们也做了血检，结果很快就会出来。"

"好的，"我一边说一边想回忆起与这个大夫的第一次见面，"那现在知道今天为什么突然发病了吗？"

"目前还不知道。您丈夫患有渐冻症，加上他心律不齐，我建议再做几项检查。渐冻症会引起肌肉萎缩，我想确定他心脏没受到什么影响。我们会把他转到心脏科看护，明早情况会更明了。"

"明早？他要在这里过夜？"

"是的。您现在可以先回候诊室，我们把他在病房安顿好就过去通知您。"

我点头接受着所有的信息。大夫开始向门外走去。

"大夫?"

"什么事?"

"晚上我能留下来陪我丈夫吗?"

他摇头:

"恐怕不行。您在医院可以陪他到晚上九点。心脏科病房里没有陪床。您别急,就一晚上,很快就会过去的。"

1996

四十一年前,安东和我相互说了"我愿意"。此刻我们在莫佳的那家煎饼餐厅,纪念这个日子。去年我们没有庆祝我们的四十年翡翠婚,那是车祸后不久,我们还深深地陷在悲痛中。今年我们来这里补上。

老板娘认识我们多年了,今天特意为我们做了一张饼,里面放了我们最爱的馅料。还给它取名为"鸳鸯",那种双生双栖从不分离的鸟,如果其中一只死了,另一只也会跟着而去。

四十一年。

有时候我会想象,如果没有安东我的生活会是什么样子。但是想不久。我的所有回忆里都有他,我怎么可能想象得出一个没有他的世界?小的时候,每次父亲发脾气,我就躲在房间里,闭上眼睛,飞向我未来的生活。我想象,

第三十八章

就像我和姐姐一起偷偷看的童话故事里讲的那样，会有一个小伙子来把我救出去。他英俊、强壮、和善，爱我胜过一切。安东不是白马王子，但他来救了我。我不知道没有他，我怎么能度过这一生。我们一起成长起来。我得以放飞自我，幸福快乐，他也变得柔和多了。我打开了束缚我的笼子，他看着我高飞。我们一起撕掉了自童年时期就被强加的标签。我拒绝被禁锢在社会为女人划定的框架内，他也从传统为男人定制的模子里走了出来。今晚坐在我对面的不是我的丈夫，而是我爱的男人。

"结婚纪念日快乐，亲爱的。"他一边轻声说道，一边递给我一个小礼盒。

我接过来，拆开包装纸，只见里面是一个黑色的木制盒子，有红花装饰。正面刻着 M&A，是我和他名字的开头字母。打开盒盖，一对舞者在音乐的伴奏下旋转起来，那是我再熟悉不过的皮亚佐拉的探戈舞曲《爱的悔意》。仔细看，那男舞者穿一身黑色套装，女舞者则是一袭红舞裙。安东请人量身定做了这个八音盒，模特就是第一次参加舞蹈比赛的我们自己！这个男人，我愿意余生的每天都嫁给他一次！

再过三个月安东就要退休了。罗丽说，看吧，过不了多久你俩就会谁也受不了谁的。这个不是没可能。我清楚地记得有一年，我们四十多岁的时候，我真的考虑过要跟他分开。有时候我感觉他非常气人。将来要是再觉得受不了了，我就打开这个八音盒，想着我的丈夫，为给我准备

一个我肯定会喜欢的礼物，跑到手工艺人那里，告诉他自己的要求和设想；想着他去取成品的时候有多激动，从此开始数着日子期盼我们的结婚纪念日，好亲手送给我。我肯定，就算罗丽那么预言过，我还是能接着忍下去的。

罗丽，我亲爱的朋友。

那场车祸把古里巷炸成了碎片。

儿子艾柯走后，老顾一度重度抑郁，无法走出悲痛。一连几个星期，他把自己关在家里。乔菲、罗丽和我每天去帮他开窗换气，买菜做饭，再逼着他吃一点儿。若不是绝对必要，他不再开口说话。以前的那个快乐的爱讲笑话的男人，让悲伤压垮了。出事时，她女儿方娑跟家人正好在外度假。老顾知道他们一家子很久没有这样放假了，就没有打扰他们。结果方娑没能赶上与弟弟告别。她因此不再和父亲说话。这场车祸，让老顾同时失去了两个孩子。

我们再看到老顾的笑容，是六个月以后了。非常非常小，更像抽搐了一下，但是，我们都愿意相信，那是他在微笑。时间会让老顾再度开始新生活的。

马丽和安磊每天都去康复中心看望狄迪。狄迪回家后，马丽他们就搬到儿子家，方便帮助他适应轮椅生活。这几个星期，我们很少碰见他们。之后，他们就决定离开了。古里巷，与他们儿子惨烈的四十岁生日紧紧联系在一起，令他们无法直视。上个月，他们搬到离儿子家不远的一栋公寓楼里。但是，还下不了决心卖掉这个房子。人去楼空，

第三十八章

只剩下回忆。

他们搬走前,有天早上,我出去买菜。马丽和安磊站在老马门前和他说着话。我走过去,和他们打招呼。他们却低下了头,不理睬我。我蒙了,不知所以,只好继续向前走。那天晚上,罗丽道破了原因。

"亲爱的,他们在怪你。在他们眼里,这一切都是因为葛琳在开车,而你是责任人的母亲。我跟他们讲过,这样看是完全没有道理的。但是,他们的悲伤让他们听不进劝。"

我没有把这个告诉安东。我们已经够难过了。

回到美国后,葛琳没有接过一次我们打过去的电话。一开始我们认为她需要时间梳理重新开始,或是一头扎在餐馆的忙碌中,好忘记那个悲剧。一天晚上,我们实在受不了了,就往餐馆打电话。一听见是我们,她就挂断了。又过了一星期,我们收到了一封信:

"爸爸,妈妈,我每天夜里都做噩梦,有时候就连白天也做。我必须得忘记,必须继续往前走。可你们让我想起古里巷,想起艾柯和狄迪。我知道,这不是你们的错。但是,你们让我想起那天夜里。我需要时间。请你们别再给我打电话了,也不要打给小葛。我肯定不会太久的。亲亲你们,我爱你们。"

我把信揉成一团,扔进垃圾桶。然后走进房间,哭干了所有的眼泪。再然后,我在心上上了一把锁,不再向任何人打开。

第三十九章

就一晚上，很快就会过去的。

就一晚上，很快就会过去的。

我在酒店的床上翻来覆去，脑子里反复想着大夫的这句话。

就一晚上，很快就会过去的。简直胡说八道。

安东不在，这个床太大了，房间太大了，世界太大了。

六十三年，我没有一天不是和他一起睡的。今天也不能开这个先例。

我离开酒店时，快半夜十二点了。出租车在门口等我。

夜晚的巴黎比白天更美。要是乔菲看到亮着灯的埃菲尔铁塔，她的赞叹恐怕会把全城的窗玻璃都震碎。

急诊室人不少。我找到了去往心脏科的走廊。没人注意到我。似乎我们在老去的同时，也变得透明了。

我记得没错，安东的病房就在前面。过道里有个护士，我找了个角落躲了一会儿。等她进了医护人员的值班室，我干了一件好多年没干过的事：我跑了起来。那个速度，要是有人看

第三十九章

见我,肯定以为我在跑步机上原地踏步,但是我已经跑得喘不过气来。终于,我进了安东的房间,轻轻关上了门。

安东在睡觉,旁边的仪器记录着他的生命体征。我轻轻摸了一下他的脸,他睁开了眼睛,说:

"我在等你。"

他的身体往旁边挪了一下,在床上给我腾出了点儿地方。我钻到白色的被单底下。这样躺着很难受,可以说还很危险,因为我一半的身体都悬在床外面。我的患有风湿的关节肯定会来找我算账的,但是,我在我该在的地方。

"亲爱的,我们说过的,"我在他耳朵边轻声说,"永远不分开。"

第四十章

5号行动

我们的最后一次行动，必须做到令人难忘。

我们到场的时候，已经聚集了好几百人，甚至可能更多，完全没法数。我们把邀约发在了脸书上：

"你支持'辉煌八十'？你有车，但没驾照？周四早七点克利希门①，不见不散！"

我知道我们在脸书上已经有超过一百万人关注，但今天的场面，仍然是我们都没有想到的。乔菲简直觉得有点儿抱歉了：

"你们肯定行动还要继续吗？公众确实是站在我们这边，可现在，我们正在给公众造成堵车，正是上班高峰时间啊。他们会怪我们的吧。"

"有斗争就会有牺牲。"老马不为所动，坚定不移。

---

① 克利希门：Porte de Clichy，是1844年完工的巴黎护城墙上十七道门之一，在17区。现在是巴黎市区环城公路的一个重要出入口。

第四十章

讨论到此结束。

从面包车上下来,欢迎我们的是一片喇叭声。老马向人群致意,然后拿起喇叭筒,向大家表示感谢,并做出安排。我看着人群,真的是老中青都有,有些车子还拉着横幅标语,还有些人穿着练功服。他们确实是来支持我们的。真希望安东也能看到这个场面。

他出院了,但还是感觉疲劳,无法参加今天的行动,所以留在了酒店休息。医生的检查没有发现任何值得担忧的问题,但为什么突然病倒仍然是个谜。大夫建议多休息,少激动。安东答应尽量。

"他们简直拿我当老人在管!"出院时安东凑近我的耳朵说。

我敢打赌,就算安东没有假意答应遵医嘱,他们也不会再留他了。早上查房时他们发现我也躺在他床上,当面对我进行了严厉的批评,像老师训学生的那种。但我听到他们一离开房间到了走廊上就开始笑。

"同志们,开始前进吧!"老马举着喇叭大喊。

我们又回到面包车里坐好。大家都发动了车子。小葛在前面领头。此时的环城公路上,车已经开始多了起来,不过,我们身后的有车无照的支持者还是顺利地上了环线。

很快,我们的队伍便造成了拥堵。领头的小葛按计划把速度减到了二十迈以下。这比蜗牛还要慢,这是老蜗牛在行动。

老马极度亢奋。他打开车窗,把头伸出窗外,唱起《国际歌》。

大家齐按喇叭为他伴奏。你们要是能亲眼看见就好了，老马的头发在风中飞舞，脸上是胜利者的微笑。所有人都把自豪写在脸上。小葛坐在领头车的方向盘后，又变成了以前那个东张西望到处看不过来的样子。

1997

  罗丽说得对，退休生活确实是受难的过程。我每天都得打开那个八音盒，努力说服自己不要把丈夫埋到后院儿玫瑰丛的下面。不过，估计他反正也不是什么好肥料，于是又打消了这个念头。

  每天二十四个小时都和同一个人在一起，不管相互的爱情有多强大，都是非人的折磨。在动物界有能做到的，但巧合的是，都不是长寿的物种。

  安东并没有变，他确实还是那个风趣、正直、大度的人，可我却觉得有个放大镜专门聚焦他的缺点，以至于他的优点也变得黯淡。而且我知道他对我也有同感，因为我有时候会逮到他看我的目光懒散，时刻准备着，一旦有条件就找个消化道不适的理由躲进卫生间。

  吵架越来越频繁，也越来越厉害。最近的一次，后果到现在还能感受到。起因愚蠢而且微不足道，丈夫说我把鞋子落在进门的过道上而没有立刻放进鞋柜里。

第四十章

"安东,你成天对我不满意,累不累啊?"

"马琳,你成天乱放东西,我还嫌累呢!"

"你要是能少管点儿,可能就不会心律不齐了,也就……"

我这嘴真是说得比想得快,我戛然停下,但已经晚了。

"也就怎样,你都说出来啊!"他说。

"不用再说了。"

"我不能长途飞行,你怪我的心律不齐了?我们不能去洛杉矶看葛琳和小葛,你在怪我了?"

我耸了耸肩,说道:

"我没有,我知道那不是你的错。"

"你要是真的非去不可,没有我,你也会去的。说明你自己也没有那么想去。"

"你别乱说好不好。我说过要一个人去,你各种不乐意,不愿意自己一个人留下来。你讲点儿良心,安东,不要逼我说出让我后悔的话。"

"你讲啊,亲爱的,有啥气都撒出来呀!你以为我不知道,你心里是怎么想的?你以为我不知道,你根本没有原谅我当年把葛琳逼得十七岁就离家出走?我知道你觉得这都是我的专断造成的。我也没办法怪你,连我自己都怪自己。"

我没有回答。他并没完全猜错,但我当时太生气了,也没有想过要去安慰他。接下来的三天,我们一句话也没说。

我也不着急，反正这也不是第一次，尽管我还是希望这不愉快的插曲早点儿过去。我期待尽快能再和丈夫一起开心地跳舞而不是去找机会踩他的脚。

我告诉罗丽之后，她笑起来：

"你是想告诉我，你俩连吵架都还在秀恩爱？！真是把我气得肝痛。"

"怎么，你对恩爱过敏啊？"我边说边给自己倒了杯酒。

乔菲已经有好几个星期没有来我们周六晚的小聚会了，她去了一个帮助住院儿童的协会做义工，到病房里为父母不能前去的孩子念故事。我和罗丽一起坐在沙发上，腿上盖着一条毯子，有一搭没一搭地看着电视。

"不是！"罗丽辩解，"谁会跟爱过不去呢，恰恰相反。"

"是吗？"我有点儿吃惊，"那你上一段感情是什么时候？"

我的朋友耸耸肩。

"爱也不一定非得是一对儿。"她说道。

这回轮到我笑起来。

"不可能吧？铁石心肠的罗丽会在单相思？我不信！"

她摇摇头，浅笑。

"是谁？我认识吗？"

第四十章

她不回答。我也没有再追问,她不想说,一定有她的原因。

然后我就早早地告辞了。我感觉很累,只想快点儿上床休息。罗丽把我送到门口。

"晚安。"我在她的脸上亲了一下。

"晚安。"她答道,双手捧起我的脸,亲了一下。

第四十一章

镇长要召见我们。老马认为毫无疑问是我们赢了，镇长要撤回之前的决定。整个法国都在支持我们，他还要坚持的话，就会成为全民头号公敌。我也觉得可信，但还是保持谨慎。狄迪从小就没有向威胁屈服过。我记得有一天早上，他在我的院子里和杏儿玩儿。他妈妈叫他，那音量他不可能听不见。但他就是不理睬，继续向杏儿讲他这一两天的经历。我回答马丽说她儿子在我这儿。她很快就找过来，要他回去吃饭。

"等会儿，我完事了就回去。"狄迪头也不抬地告诉他妈妈。

"不行，狄迪，你现在就跟我走。"

"我完事儿了就回去。"狄迪又说了一遍。

"狄迪，我警告你：你现在还不起来的话，以后就别想再来撸猫了。"

她儿子转过头看着她，脸上的微笑令人无法抗拒，然后说：

"要是你认为威胁就能让我乖乖听话，那你就小菜一碟

第四十一章

儿①了。"

现在的狄迪不会再犯词不达意的错误,但在坚持己见不愿灵活方面,还是当年的样子。而且,这些年他还多了个我永远也习惯不了的口头禅。

"大家好。呃——请坐请坐。呃——"

我们落座。老马还热情地与镇长握了手。

"我今天叫大家来,是想向大家赔个不是。呃——我在电视上看到了你们的节目,呃——听了你们的访谈,也明白了以前我不愿意明白的东西。呃——古里巷的房子、巷子,还有绿地,呃——对大家来说无比重要。要是我之前表现得太过强硬和无情,我请你们原谅。呃——"

他推着轮椅绕过办公桌,来到我们身边,继续说:

"当然,古里巷会勾起我痛苦的回忆。呃——我在那里失去了双腿,失去了我的朋友,同时也失去很多对人生的幻想。但那次事故,怪不着任何人,呃——我不是在报仇。我只是想当一个为镇上全体居民着想的好镇长。"

老马的笑容消失了。

"你们的坚定,还有战斗力,都令我敬佩。呃——但是,规划已经通过,呃——我不会再重新考虑。从现在开始,大家还有一周时间,考虑政府提出的经济补偿意见。呃——如果你们还是坚持不接受,那我只好建议投票通过公共利益优先的决

---

① 这里本来是想说:那你就大错特错了。但是小孩子语言表达还不成熟。

议,这个决议通过后就会开始剥夺所有权的程序。如果你们接受补偿意见,呃——那只需要在一年内搬离即可。我希望大家都能做出明智的选择。呃——"

没有人有任何反应。他的话说服了我们。

"我很抱歉。"镇长喃喃道。

"我也是,很抱歉。"安东回答说,"对你,对艾柯,对你的父母,还有你,老顾。对那次车祸对你们造成的无法挽回的损失,我无比抱歉。我也知道,那不是我女儿的错,可毕竟是她在开车。这么多年来,我没有一天不想这件事。"

"我也是,很抱歉。"老马轻轻说,"我私自怪罪你和葛琳,并且孤立你们。我的好朋友遭受了无法承受的痛苦,我自作主张确定了责任人。我做得不对,不公平。"

"还有我,我也很抱歉。"我终于鼓起勇气开了口,眼睛盯着墙壁,"我本来应该想办法和大家沟通谅解,而不是自我封闭。很抱歉,我经常让大家觉得不友好。有伤害到大家的地方,对不起。"

罗丽看着我,张开嘴巴准备说话,最后又闭上了。

接着,是老顾颤抖的声音:

"我也是,很抱歉,为我们大家经历的所有苦难。还有,为我离开这个世界时不能有你们在身边,很抱歉。"

第四十二章

我们知道很快会再也见不到的东西,就会用不同的眼光去看待。今早,那片绿地显得特别漂亮。尽管这几十年来,时光也在它身上留下了痕迹。连续的恶劣天气让那三棵云杉松枝叶稀疏了,李子树也只剩下几棵最强壮的还立在那里,经常有车停的地方,草皮也不长了。这片绿地已经完全没有了当年的风采,可经历沧桑的它此刻在我眼中尤为珍贵。只有我们这屈指可数的人知道它曾经的粉花似锦,雏菊遍地,绿树成荫。一般的过客很难发现它的美,我们有幸成为它的美丽的守护者。

我弯腰避开松树的枝叶。其他人已经在总部聚齐了。任何人见了我们,都会只看到一群老头儿老太太而已。看吧,穿黄裙子配黄头发的那位,做过拉皮手术掩饰面部肌肉下垂和皱纹;这边这老头儿假发套没戴好,随时都可能跌坐在助步器上;还有那位坐在轮椅上打瞌睡的和那个精瘦的不停地摆弄手机的老太太。哦,对了,还有这位,挺着将军肚挂着拐,整个看上去就是扑克牌里的 Q。

可在我的眼里，那边的是个迷人的金发女子，留着玛丽莲·梦露的发型，微笑里透着一抹胭脂红，笑声爽朗，一心要征服北美舞台；这边这位棕色头发的，有着运动员的体魄，不管发生什么事，都愿意相信人生是一个有趣的故事；而那位，是我的真爱，嘴角挂着微笑，脸颊方正为人善良；还有那个永远有着孩子般眼睛的女子，任何微不足道的美好都能让她陶醉，愿意一直生活在梦中；还有这位，是个优雅的男士，吹着萨克斯风，其实一生只爱布岚到永远。我看见的，不是一群老头儿老太太，而是一群有憧憬有规划的人，即便那些憧憬和规划已经成为过去。他们在离我仅数米之遥的地方，一起生活了六十多年。他们走过了漫长的路程，收获了最好的，也经历了最苦的，现在，他们都能看到，这路的尽头就在不远处。

这是"辉煌八十"的最后一次全体会议。明天，我们又只是罗丽、老顾、安东、乔菲、老马和马琳，是这古里巷最后的居民。

我们一致同意停战。其实在开始之前，结局就已经写好。我们并不失望，相反，还觉得并没有全输。

"我觉得很好玩儿，"老顾说，"好久我都没有像最近这样笑了。"

"我们确实没少笑，"罗丽接过话头，"我感觉年轻了十岁！"

"你的感觉对你可真好。"我挖苦道。

"我感觉你可没年轻那么多。"她毫不示弱，"但我还是

第四十二章

非常高兴跟大家又找回了以前的感觉。"

"马琳也很高兴跟大家又找回了感觉,对吧,亲爱的?"我亲爱的丈夫帮我说。

所有的目光都集中在我身上。我必须挖苦讽刺一番,否则止不了嘴皮子发痒。

"是的,"最后我还是忍住了,"虽然我敢用脑袋担保,安东讲得不对。但是,和你们一起的这段时间,也不算太糟糕。"

老顾为我做出的努力拍手叫好,其他人也鼓起掌来。

我讨厌他们。

我会想念他们的。

2000

葛琳来电话了。很早,我以为是卖东西的,就接了。我不反感这些搞销售的人,他们让我的日常生活变得快乐,特别是当最后我啥也不买直接挂断的时候。当我听出是葛琳时,整个人都定住了。她听起来完全不像我们上次讲话已经是五年前,完全就像我们昨天还见过面。

收到她那封信后,我们尊重了她的决定。让她在远离我们的地方疗愈,我们也在没有她的情况下疗愈。五年,差不多两千个日夜,我们都想知道她过得好不好。

我不怪她。我明白她的痛苦,理解她需要以她的方式迈过这个坎儿。我也是，需要以我的方式迈过去。刺猬竖起棘刺是为了保护自己，我的棘刺还没有收回。打开心锁，就等于再去冒险受伤害。

她先说小詹和餐馆儿都很好，然后告诉我：

"小葛现在在法国呢。"

"啊，是吗？"

"他坚持要去学新闻专业，是在巴黎。一有空他就会去看你们。"

"好。"

"你高兴吗？"

"爸爸来了，你和他讲吧。再见。"

我把电话给了安东，然后去了厨房洗碗。几分钟后安东过来对我说：

"亲爱的，你刚才有点儿过分啊。"

我用力刷着杯子，还是刚开始洗碗时的那一只。

"马琳，"他接着说，"我知道当时葛琳的做法让你伤心，我也很难过，但是，为了她着想，别再防着她了吧。五年都过去了，五年啊！我本来已经放弃希望，以为她再也不会来找我们了。她真的只是需要时间而已。我们不要再继续浪费时间了。"

我擦干杯子，放进吊柜里，转身面对我的丈夫：

"亲爱的，你要和你女儿恢复联系我不拦着你。但是不要要求我跟你一样。不是我不想，我真的做不到。我的

第四十二章

心已经干涸了,你明白吗?如果谁也不爱,那就没有人能伤害我们。"

我从吊柜里又拿出刚才的杯子,再打开水龙头,重新又刷起来。

第四十三章

小葛病了。上午十点他还没下楼,我开始担心起来。平常这个时间,他早就起来了。我去他房间敲门,他呻唤了一声。

"外婆,是你啊。不知道怎么回事,我肚子痛。"

我下楼给他做早餐。还没来得及往上端,他自己就下来了。痛得直不起腰,像个九十度的曲尺。

他什么也咽不下去,就去沙发上躺下。一双脚吊在扶手外面。以前这个沙发装下他整个人都还有多余的空间。我给他拿了条毯子搭上。

"得打电话叫医生。"我坐在旁边的扶手椅上说。

"不用了,外婆。哎,你再给我讲一遍迈达斯国王的故事吧,像我小时候那样。"

我这个三十六岁的外孙有时候想法有点儿奇怪,但我也没让他第二次央求。我换到沙发边坐下,他把头轻轻枕在我腿上,我就开始给他讲这个他小时候天天都要听的故事。

"从前有个国王,人很好,可就是有一点:又贪心又愚蠢。

第四十三章

一天,酒神①为了感谢他的盛情款待,说可以让他的一个愿望成真。这位国王想都不想就说,希望他碰到的东西都能变成金子。刚开始,他很开心,见什么摸什么,瓶瓶罐罐、家具物件、树木花草,都变成了贵重的金子。他变得比以往任何时候都富有!可是,到了吃饭的时候,问题来了。送到嘴边的鸡肉和让他垂涎的葡萄,统统变成了硬硬的黄金。他想喝水,情况也是一样,水也成了金黄色的固体,根本不能喝。很快,迈达斯就明白了,金子根本不是生活中必不可少的。他请求酒神收回那个愿望,从此过上了简朴而幸福的生活。"

小葛笑了。我发现我在摸着他的头发。

"我喜欢这个故事,"他低声说,"它让我想起小时候在这里的快乐日子。"

我想说我也有同感,这个故事勾起我美好的回忆。但是我没来得及开口。

"我要走了,外婆。现在'辉煌八十'的跟踪报道已经结束,我没理由再继续住这儿了。我的主编也给我派了新活儿。再加上,我家里老婆孩子也觉得这每周两天不在家的日子过够了。"

"行吧。"

"你应该高兴啊,终于可以把催泪喷雾器收起来了。"他大笑着说。

"那可不行,我还得留在手边儿,万一你哪天想起又跑回

---

① 酒神:希腊神话中宙斯的儿子,狄俄尼索斯。

来呢。"

他坐起来,这个动作让他痛得直叫唤。他对着我说:

"外婆,这次我能跟你和外公团聚,我真的非常高兴。"

"行了行了,你没发烧吧?"我边说边用手去试他的额头。

"你别逗了,外婆,我是认真的,我确实非常高兴!我知道,我跟妈妈去了美国后有段时间不像话,我应该一直和你们保持联系就好了。可那时我还是个孩子。"

"我知道,小葛。那段时间,我不怪你。"

他皱起眉头,问道:

"真的吗?"

"真的不怪你,我知道十几岁的孩子除了给外公外婆打电话还有更多更好玩儿的事儿可做。我当然非常想你,可你没联系我们也正好说明了你过得很好啊。这样想,也就没什么不好过的了。"

"那你为什么还对我那样?"

"对你哪样?"

"冷淡,刻薄,永远保持着距离。是因为巴黎的事情?"

我耸耸肩,站起身,说道:

"孩子,这些都过去了。都成了和迈达斯国王一样古老的故事了。"

第四十三章

2001

  法国长者交谊舞锦标赛在巴黎举行。我们再次角逐冠军。观众席上足有一千多人。不过，让我紧张的不是这个数字，而是我的外孙小葛是不是也在场。我在人群中寻找着他。

  上星期，我给他手机打电话，请他来看我们的表演赛。他当时正忙着，但表示他肯定来看。于是我又开始数着时间盼开赛。

  我六年没有见他了。去年葛琳来了那次电话后，又寄了些照片来。安东把照片故意留在起居室饭桌上好长时间，我偷偷地看过，然后又把它们放回原处。从他在巴黎上大学开始，我们就盼着他像他妈妈说的那样，一有时间就来看我们。他可能一直没有时间。这次我们要去巴黎参赛，真是梦寐以求的机会。我在观众席上寻找着那个二十来岁棕色头发的年轻人。

  "你看到他了吗？"安东问我。

  "他也许还没到。"我回答，同时放下拨开幕布一角的手。

  "你穿这条裙子美极了。"

  "比穿我的方格围裙还漂亮？"

"还是穿围裙更漂亮。"

这很可能是我们的最后一次锦标赛,我们跳得忘我、倾情。只要还能站能走,我俩就会一直跳下去。可备赛参赛的强度开始让我们有点儿吃不消了。毕竟安东马上就要满六十七岁,我也不比他年轻多少。

最后,我们排名第三,登上了领奖台。这和我们第一次参加比赛获得的名次一样。在全场的掌声和罗老师的泪光中,我们接受了颁奖,把铜牌挂在脖子上。然后,安东当着一千多号人的面吻了我,我也没有打他。

晚上接下来的活动中,不断有观众向我们表示祝贺。我一边礼貌地说着谢谢,一边眼睛还是在找着外孙。我们几乎是最后离场的,没有看到他。

在回酒店的出租车里,安东向我保证说,这次离开巴黎前我们一定要去看小葛。

第二天中午,我们来到了小葛住处的门口。安东把回程的票推迟了一天,又从电话黄页上找到了外孙的住址。他的名字贴在门铃旁边。我还没有按下去,门就开了,我们看到一个戴头盔的高个儿男孩儿,露出几缕棕色头发,胡子拉碴。

"小葛!你好吗?"我激动坏了,尽量控制好笑容。

"外婆?!你们怎么来了?"

他并没有责怪的意思。最多是太吃惊了。他拥抱了我们,头盔都没有取。

第四十三章

"我们得了铜牌!"安东自豪地宣布。

"天哪,我完全忘了你们来比赛的事儿!真是太抱歉了。这段时间考试太多,我脑子有点儿装不下了……现在正要去一个朋友那儿一起复习呢。要是我早知道你们要来……"

我喉咙里一团堵,强咽下去:

"你有时间跟我们一起吃午饭吗?"

他摇头,一脸尴尬。

"对不起,外婆。要是你们提前给我打电话就好了。这会儿我不能放我朋友鸽子,他在等我呢。"

"我们把你手机号码忘家里了,"安东解释道,"我打了你的座机,没人接。"

"哦,是,我把线拔了,我从来不用座机……好,我得走了。见到你们很高兴。我保证,一有时间,我就去看你们!"

他再次拥吻了我们,骑上摩托车,一溜烟消失在排气管的嗡嗡声里。我的心里五味杂陈。

第四十四章

　　我们拒绝无声无息地消失,一定要有一个像样的结束典礼。"辉煌八十"绝对值得拥有军乐团般的仪式感。于是我们在脸书上发布消息,准备在绿地上举办一个小型告别聚会。结果,我这辈子也没见过那么多人。

　　一支本地的乐队毛遂自荐前来捧场,他们来搭起了临时的舞台和舞场。一位化妆师专门来为孩子们在脸上画图案。流动游乐场的摊主们也来了,支起几个游戏摊子,射击的,套鸭子的……还有一辆改装成饭馆儿的卡车也开进绿地,卖些吃的喝的。但是,大家并不是冲着这些而来,他们是冲着我们来的,来向我们表示祝贺,向我们表示支持,向我们表示他们的失望和悲伤。

　　那么多熟悉的面孔:镇上的商贩,那些叫不出名字又经常碰见都会打招呼的邻居;孩子们小时候的玩伴,到现在见面也不用客套;镇议会的成员,我们的邮差;还有帮我们制作说唱节目的巴辛和狄萨,及他们的朋友;老马的双胞胎女儿和他的

第四十四章

第一任妻子布岚；小葛自然也在，还在小本儿上不时地记着，说稿子需要。葛琳也来了。

葛琳笑着，和这些多年未见的人们聊着，埋在内心深处的零星的记忆不断被挖了出来：这个说，还记得葛琳小时候骑着橙色的自行车绕着绿地疯跑；那个说，还记得十几岁的葛琳用三棵松树作掩护，想逃过爸爸的监视。这绿地，是装满记忆的匣子，就要彻底关上了。

麦克风里传出的歌声变了。我转头看过去，罗丽站在台上，脖子上绕着羽毛围巾。头几个音不太稳，吐字欠清楚，气息也不够。她干脆闭上了眼睛。接着，唱词似乎自动流淌，音也准确地贴合了伴奏，有人开始跳起舞来。此刻，罗丽已经不在镇上这个临时搭起的小舞台上了，她重新回到了生命中最绚丽的时刻。

"我想回去了。"安东轻声告诉我。

最近几天，他的左手也无法控制轮椅了。在我们上一次给她打电话之前，葛琳对爸爸的病情完全没有任何概念。现在她知道了，天天催着我们搬过去跟他们一起住。这是选项之一，我们还在斟酌中。

我把丈夫送回家，帮着他在床上躺下。他要我别关窗户，让外边节日的喧哗和热闹可以传进屋里。罗丽还在唱着。

"你回去接着玩儿吧。"当我准备在床边坐下时，他几乎是在命令我。

"不，我留下来。你需要就叫我，我就在起居室。"

"你回去跟大伙儿一起吧,我会更高兴。我这就睡觉了,哪里还需要你留下来守着。"

我叹了口气。

"亲爱的,你对我这么体贴,让我有点儿担心哪。你那病该不是已经影响到脑子了吧?"

"你不用发愁。我敢保证,要是被我发现你跟小鲜肉在一起,我照样打得他满地找牙。"

"那我就放心了。"

我轻轻带上房间门,又重重地摔上大门,然后蹑手蹑脚地摸着黑向沙发挪过去。

"马琳,我听得出你没走!"我丈夫使劲儿吼了一声。

从自己家被赶了出来,我只好又回到了节日的绿地上,正好一段快节奏的查尔斯顿舞曲响起。凌晨两点,舞场上就剩下罗丽、乔菲,还有我,耗过了周围所有的年轻人!

2005

最近一年我们都没有跳舞。我得了骨关节炎,安东的髋关节做了手术,还没完全恢复好。当我们收到纸牌晚会的表演邀请时,先是准备要婉拒的。可转念一想,机会难得,一方面我们一直都希望最后再一起跳一次舞,而且,晚会恰逢我们结婚51周年纪念日!这信号,还不明显吗?

第四十四章

我们在后台准备上场,心情很紧张。我们之前的表演,台下来的都是本来就爱看跳舞的观众。而今晚的盛典,汇集了歌手、幽默段子手、魔术师,以及各类舞者。谁还会有耐心看我们这对年过七十的老家伙跳呢?

负责组织和衔接的人示意我们:

"过会儿魔术师一下来你们就上台,等你们一就位,就起音乐。"

灯光聚集在舞台上,观众席漆黑一片。全场似乎就只有我和他。安东和我摆好姿势就位。音符开始跳动,我们随之舞蹈起来。我们用舞步在画着我们的人生,我们跳的是我们的爱情和我们的恐惧,是我们的快乐和我们的痛苦,是我们的生命和我们的死亡。这支舞,是呐喊,是永别,是感谢。

音乐结束了。我还在丈夫的怀里,热泪盈眶。我们本来担心台下砸上来西红柿,迎来的却是热烈真诚的掌声。我们谢幕,一次、两次、三次,直到下一位幽默段子手硬核上场开始她的表演。

我们画上了一个完美的句号。

"这些年当你的伙伴,我很高兴。"回到后台,安东悄悄对我说。

"你是指当我的舞伴儿很高兴吧?"

"那还用问?!当你的生活伴侣简直是受刑。"

"这就对了!我折磨人是认真的。"

"亲爱的,在这一点上你太成功了。地球上还有人比我更不幸吗?"

"嗯,这话我爱听。"

他温柔地把我拥进怀里。

"我有个礼物给你。"我在他耳边轻声说。

"我也是,有样东西给你!"

我们本来要留下来参加鸡尾酒会,现在临时改变主意直接回到车里。这是一个雨夜,安东在专心开车,我在脑子里回放我们的跳舞生涯。第一次,是安东给我的大惊喜,但配合不免笨拙。然后是坚持不懈的训练,舞蹈教室、家里客厅和院子,都是我们的练习场地。我们第一次参加锦标赛,我们获得铜牌,刚才,是我们的最后一支探戈。

所有这些时刻,一旦成为回忆,就变得更为宝贵。

其实,人生又何尝不像跳舞呢?我们走上舞台,从一开始学舞步,到能够自由随心地和着节拍舞蹈,再到最后离开舞台。

我庆幸我有一个最棒的舞伴儿。我们刚开始这支漫长的人生之舞时,他不太灵活,甚至有些僵化,我笨拙,还胆小。我们努力合上自己从未听过的旋律,一起协调动作,他踩过我的脚,我也曾把他弄得晕头转向。我们会跳错了步子,但是把握住了大的框架,观察、熟悉对方,终于一起变得更灵活更柔韧,直到合二为一分不出你我。这段双人舞,也曾不能完全贴合,让风雨钻过空子,但是,最后

第四十四章

我们扛过了所有的恶劣天气。

我们到家停车时,看见罗丽在遛狗。安东远远地和她打了个招呼,我径直向家门口走去,没有理她。老马在这时候关上了百叶窗。我直接穿过自家的院子,没有看邻居一眼。

安东跟着我进了起居室:

"你先来。"

我早已忍不住了,不等他说第二遍,就从柜子里拿出一个小礼盒递给他。今年,我们一起定下了规矩,要求送给对方的礼物不能是花钱买的、可拿可放的物件儿,要能体现独一无二的用心。

"纪念日快乐,亲爱的。"我对他说。

他撕开包装纸,露出一个玻璃瓶,里面装满了小纸片儿。

"这是什么?"他问。

我打开瓶盖儿,说道:

"你拿一张,看看写的什么。"

他照做了,念道:

"喜欢看电影被感动时你眼角的泪光。"

他又拿出一张,念道:

"喜欢你刚刮完胡子时脸颊的柔滑。"

他向我投来感动的目光。我盖上瓶子。

"每张纸片儿上都记下了一样在你身上我喜欢的东

西。我们共同生活了五十年，这里一共有五十张。"

"这太特别太美妙了，亲爱的，你让我感动。"

他紧紧地抱着我。

"如果要我写的话，得要三个瓶子才够。"他说。

我忍不住笑了，他翻了个白眼：

"肯定有一张写的是：'喜欢你淘气娇情。'"

"没有，淘气这条我会放在'你身上我不喜欢的地方'的那三个瓶子里。还有一张要写：'我不喜欢你说要送给我礼物却迟迟不肯拿出来。'"

安东放开我，笑着看我道：

"你现在可以打开礼盒了。"

"在哪儿？"

"我就是礼盒。"他得意地宣布。

我没搞明白是怎么回事，但还是照做了。我慢慢脱下他的西服外套，又一颗一颗解开衬衫扣子。他看着我做这一切，我的额头感觉到他呼出的气息。我把衬衫顺着他胳膊褪下去，抚摸他的皮肤，又拍拍他的裤兜儿，什么也没有。我开始往上拉他的贴身背心，他笑了，说让我加油，马上就要找到礼物了。我脱掉他的背心，现在看到了，就在他的胸口上。

"你疯了！"我叫出了声。

"有一点儿吧，这回你没说错。"

我戴上眼镜仔细看他给我的礼物。在他胸前的皮肤上，

第四十四章

用红黑的墨水文上的,是我俩在跳探戈。

"你去哪儿弄的这个文身?"我问。

"镇政府旁边的一家小店。你喜欢吗?"

我仰起头,对着他笑了,说:

"我也要去弄个一模一样的。"

第四十五章

大家都在这儿了。没人给这次活动取名字,但我们都知道,这是我们最后一次聚餐。

乔菲在她的客厅里把桌子布置得节日般漂亮。这是她和贾樟一起买的第一件家具。实木长桌,够他们和孩子们都坐在一起吃饭。

上一次在绿地上聚会,到现在已经过去了好几个星期,日子又恢复到以前的常态。说恢复,其实也不完全一样。比如,我去市场买菜,乔菲常常和我一起去;老马和老顾也会来我家,和安东一起下跳棋;葛琳和小葛,每周至少要打一次电话来。

我们全都接受了政府的经济补偿提议。再过七个月,新学校就要动工了。到时候,我们都不会在这儿看着我们的房子被拆除。

"我要搬去和女儿卡蒂同住。"老马告诉大家,"她一直都在叫我过去,但我一直都不想拖累他们两口子。他们把家里地下室重新装修好了,房间很大,有独立的卫生间和厨房。住

第四十五章

着应该很舒服。"

"你啥时候搬?"老顾问。

"下周一。"

尽管没人抢着说话,但大家都陆续表示他这决定不错。

"我也要搬走了。"乔菲的声音很小。

她脸上又露出了小姑娘一样的笑容。接着告诉我们,她要搬到恋人那里去了。不久前,她向我们正式介绍了杨克。他给人的感觉是乐观、亲切,非常爱乔菲。他看乔菲的眼神,就像乔菲在看美丽的风景。

"杨克向我介绍了他儿子。"她又说,"他花了些时间才接受自己的父亲和一个更年长的女人约会。于是杨克决定我们不再约会:他向我求婚了!"

所有的声音都在祝贺她。她久久地和我们每一个人拥抱,然后到厨房去拿下一道菜。路过餐边柜上放着的贾樟的照片时,她悄悄地吻了一下。

吃甜点的时候,老顾告诉了大家他的打算。幸好他忍住了等到现在才说,说早了我们都会没了胃口的。

"我在比亚里茨①找好了一家养老公寓。我在那里试住了两天,护理人员态度很好,其他住户也显得挺高兴。总体气氛不错。而且,公寓就在海边,每个人都住海景房。还挨着公园。"

"那是真不错。"老马表示赞许,"你在那儿肯定会住得

---

① 比亚里茨:Biarritz,位于法国西南部,气候温暖,有独特的山地和海洋资源,是著名的旅游城市。

愉快。"

"是的,"乔菲附和道,"这安排是不错。"但语气稍欠说服力。

我尽力了,想管住自己,但还是问了一句:

"我猜这是你女儿的主意吧?"

"只能说是她强烈建议过。"老顾承认。

"这个小娼妇!"罗丽骂了一句。

老顾摇摇头,说道:

"方娑不是个坏人。她一直没有翻过去那一页而已。去比亚里茨的决定是我做出的,我很满意。我看过好几家养老机构才选定的这家。我知道住在'红柳公寓',我可以享受到安宁的生活。我现在只想平静地过日子。咱们这一辈子,也闹腾够了。"

乔菲同意:

"要是能回到从前就好了。我们也许并不能阻止各种不幸的发生,但大家可能会以不一样的方式面对。我们相互记恨,浪费了太多时间。"

我回想着这么多年,我心中对邻居、对女儿、对外孙的怨气。这些时光流走了,再也追不回来了。我也是,多么想能够回到从前。

我尽量不去后悔,不去遗憾。因为那样只会让难过加倍。没有人是一出生就已经有了生活的经验,大家都只能是边生活边适应,在实践中学习。免不了会出错,经常需要自我保护。

第四十五章

评判他人总是比评判自己更容易。愤怒总是比难过更容易。

"那些时间也不算浪费。"我说,"没有那些年,我们也成不了现在这个样子。你们都是好人。我很高兴在这一生中有你们。"

安东吃惊地看着我,像看到一个怪物。我必须说句让他放心的话。

"我这么说总比用我的方式夸你们更好吧。"

"你也是个好人。"乔菲对我说。

"对,她睡着的时候可能也是个好人。"罗丽补充说,"好了,腻歪完了没?该我告诉大家了:我也要走了。我在纽约找好了一家老人公寓。"

"你有签证了?"没想到我高声问道。

"我有绿卡,亲爱的。不用再提醒你,本人在美国也曾是个大红人儿吧?!"

所有人都激动起来:罗丽就要在她美梦成真的地方走完她的人生。我也和大家一样,为她高兴和激动。

"你们呢?"老顾看着我和安东,"你们有什么打算?"

"什么什么打算?"我一下子没反应过来,就反问了回去。

"还在考虑。"安东明白我走神儿了,替我俩回答道,"我们先要和葛琳还有小葛一起去布列塔尼两个星期,可能会在那儿做出决定。"

大家就这样聊着,翻出以前的记忆,说着已经离开的亲人,迟迟不想道别。我们在莫佳的时候,他们就都会搬走了。古里巷即将随着我们的离去而消失。

我感受着当前这一幕，不知道自己多久就会忘记它。我发现，越近的记忆越是容易忘记。我看着老顾找到一句好词儿时的得意样子，看着乔菲那张从未变老的脸，看着老马那永远反叛的表情，还有罗丽的故作洒脱，我努力地把这些全都刻在我的记忆中，将他们的点点滴滴，融进我的身体，永不遗忘。

没有不散的筵席。我们互道晚安，好像明天还会在禽蛋车旁再见面一样。不同的是，吻别时大家的面颊都是潮湿的，我在关上门那一刻还不由自主地说了"谢谢"。

第四十六章

我还是无法入睡,在床上辗转反侧,什么办法都用过了,就是挥不去脑子里的各种想法。其中一个人尤其不愿意离开我的思绪。二十岁的她,穿着深蓝色套裙,一双黑皮鞋,走在新婚的丈夫旁边。二十岁的马琳,让我再也睡不着。

我干脆轻手轻脚地起来。安东睡得浅。我来到蓝色房间,坐在书桌前,打开抽屉,摊开笔记本。我拿起笔,开始给1955年的马琳写起来。

亲爱的二十岁的马琳:

你从那辆把你带向未来的公交车上下来,身旁是安东。他提着的两个箱子里,装着你们的生活。你多希望能穿越到未来看一眼,那样心里就不会那么怕得慌。你掩饰得不错,没有人看出来你有多紧张,但我不会忘记。

你会幸福的,马琳。你会有很好的生活,会得到

幸福，也会经历不幸和苦难，但是你坦然接受去面对，去克服。

你小时候没有感到爱。父亲粗暴，母亲被动，在这样的家庭氛围里长大，你觉得命中注定没有爱。但命运却另有安排。你会有深深的、完全的爱情。你不会孤单。你只需要仔细倾听身边这个永远也不会把你的手放开的男人的心声。你也会同样深深地、完全地爱他。爱他，爱你们的合体。此刻正给你写这几行字的我，已经八十三岁了，我可以告诉你，我没有一天不感叹自己的幸运，遇到了安东。当然，生活不是童话故事。你会产生怀疑，会想象也许在别处更好，甚至连怎么让你丈夫消失的办法都想好了，但最后你会自问：你怎么能想象没有他的生活？

你会有一个女儿，她带给你满格的快乐。你会成天看着她的小肚子一起一伏地睡觉，你会为她织毛衣和毛线裙（有些可以说很难看），你会听她用细细的小声音说你是世界上最好的妈妈，并且相信她。好好珍惜她。悲观的人会说孩子一眨眼就长大了。他们没说错。可是，你也不用只想念着过去：她离开家并不代表你的生活就停止了。

我现在不会把将来的一切都告诉你，生活中需要有出乎意料，就像饭菜里需要有盐和胡椒一样。一辈子过下来，你会遇见很多出色的人，可能你当时意识

第四十六章

不到，但他们会一直在你身边。

　　不用说，你也会遇到挑战和考验，甚至当时会觉得不可能扛得过去的。可能你会需要相当长的时间才能走出低谷，但你肯定能走出来。马琳，你很强的，比你自以为的要强得多。我不能骗你：就算各种考验和挑战你都扛过来了，你也未必就能变得更强。有些伤害留下的伤口太大很难愈合，你可能会需要披上坚硬的盔甲，或是躲在带刺的树丛中。可是，若幸福每天都来报到，它又怎能令人难忘呢？

　　还有，你很漂亮。不要对自己太苛刻，把给别人的宽容也匀一点儿给自己。这个你不喜欢的身体，是老天给你的最好的礼物。用它去体味自由吧。有一天你会明白，美是不能量化的。它不是精修过的眉毛或涂得猩红的嘴唇，它也不是高跟鞋或波浪卷头发，它不追逐时髦，也不化妆，在镜子里你是看不见它的。

　　好好生活，去跳舞，去欢笑，去爱，去跑，去发现，去颤抖，去享受吧。但不要忘记，任何故事都有结尾。别浪费时间，生活在当下，一切都值得。

　　好好照顾自己。

　　　　　　　　　　　　　　　　　八十三岁的马琳

第四十七章

我们已经十多年没有来过莫佳了。那间农舍一点儿没变,好像就一直用那个样子在等着我们。小葛先过来接上我们,再一起开车过去。我们到的时候,他的妻子和两个孩子都已经在那里了。

"太公太婆来了!见到你们真好!"马萝激动又兴奋。

她的老二,儿子迪沃留着生动的刘海儿,重重地在我脸上亲了一下。大女儿莉亚过来拥抱了我们。我没有表现出一丁点儿的抵触。希望他们也注意到了我的努力和进步。

女儿和小詹赶到的时候,我正在房间里,把衣服往柜子里放好。葛琳两手都是塞得满满的购物袋:

"我们顺路在副食店买的,晚上就不用出去吃了。"

"可我还是想出去走走。"我说。

她立刻就明白了。两个小时后,我们来到了悬崖上。安东坐在轮椅里,葛琳和我打开了折叠椅。我们看着太阳慢慢下沉。

"我都忘了这儿的日落有多美!"葛琳半是自语地轻轻说

第四十七章

道,"妈妈,你记得吗,我的美国梦就是在这里诞生的。"

"我当然记得。"

"我怕你有一天会忘了。"她又小声说。

我也怕。回忆是我最宝贵的财产,一想到它会一点儿一点儿地烟消云散,我就怕得不行。我不想变成一个中空的躯壳,我不想忘记那个发誓不会离开我的小姑娘。

"我知道,你们不愿意再说过去的事。"她接着说,"可我必须要向你们说声对不起。我没有注意到时间过去了那么久,没有意识到你们会变老。车祸后我陷入深深的自责,花了很长时间才走出来。这次回来接到爸爸的电话,敲开家门时,我本以为会看到二十三年前的你们,看到我离开时的你们。对不起,你们等了那么久我才回来。"

葛琳失声痛哭。我把手放在了她的肩上。

"我们一辈子都是不懂事的孩子,"她吸着鼻涕,"可突然间,我们就变成了父母的父母。"

"那我们就还有机会报仇,把你当年让我们度过的不眠之夜都还给你!"安东笑起来。

"这办法不错!"我接着说,"你给我们喂饭时,我们也要把胡萝卜泥弄你一脸。"

"还要在浴缸里臭臭!"安东简直笑出了声儿。

"还要在你请客的时候,光着身子跑出来!"我也兴奋了,"以牙还牙。"

葛琳终于破涕为笑:

"知道吗？我真爱你们。"

"现在打感情牌没有用，我们不会心软的。"安东坚定地说。

"爸爸！我是说真的，我爱你们。"

"亲爱的，我们也爱你。"他说。

我轻轻地抚摸她的脸，说：

"我们就算在讨厌你的时候也爱你。"

我们回到农舍，小詹正在做晚饭，香气四溢。小葛和马萝在下跳棋。迪沃和莉亚坐在沙发上看电视。葛琳把路上摘回来的花插进花瓶。安东坐到外孙旁边，帮他看棋。

面对着这样一幅比任何日落都美的画面，一股强烈的幸福感海浪般涌来，冲走了恐惧，冲走了内疚，冲走了遗憾。在莫佳的这间农舍里，在我的家人的环绕中，我的幸福是完整的、彻底的，是美妙无比的。

第四十八章

大家都去海滩了。我借口一阵突发的疲劳感觉，独自留在屋子里。我怕安东想留下来陪我，坚持说多晒太阳对他有益无害。

等确实听不到他们的声音了，我便立刻打开了电视机。

应该不难的，我见过小葛和孩子们用电视机看点播节目。音乐响起，"真人秀"中的那档《巴黎人》开始了。我打开一包薯片。

我知道你们会怎么看我，可这也不能全怪我。我第一次看到这档节目时，正遇上戴龙和阿丽的海边婚礼。镜头里那些人的生活、他们的世界，与我的生活和世界毫无交集，那完全是超越我想象的存在，让我感到不安。几天后，我无意间又碰上这个节目，戴龙和阿丽吵得不可开交。我想知道前不久才喜结连理、发誓白头到老的他们，怎么就能在这么短的时间里就变成这样。我最终没能完全弄明白，我的电视机在他们的对话过程中不断发出"哔哔"声，但好奇心促使我想知道接下来的发展。

这个得等到第二天才揭晓。

第二天,我准时打开了电视。这次,布兰迪和郝利要一起为一个协会打零工挣些钱,他们得去当地动物园打扫大象园。

就这样,我每天都趁着安东睡午觉的时候,在电视里关注我的那群对我来说就像讲着外语一样的朋友。这次到莫佳,我还没能看成一次。我不能让大家看出我好像看电视看上瘾了,所以就一直在等我一个人在房子里的时机。讨厌的是这房子里永远都有其他人。

今天下午,我终于可以一个人待会儿了。最好是他们在海滩玩儿得久一点儿,我就能把落下没看的都追着看完。

一开头就定下了基调。阿丽、郝利和布兰迪在人满为患的泳池边晒太阳。

"昨晚我睡得不好,"阿丽一边在胸脯上抹着防晒油,一边说,"可能因为昨天是满月吧。"

"你是说月亮装满了?"郝利问道。

"是怀孕了。"布兰迪告诉他,很宽容他的无知。

"哦,好吧,"郝利接着问,"爸爸是谁?"

两个姑娘耸耸肩,说道:

"我哪儿知道!"阿丽说,"应该是彗星吧,像精子。"

接下来的内容我没看成。起居室的门突然开了,莉亚回来了。

"我回来了,太婆。我又变了,不想去海滩。在看什么节目呢?"

第四十八章

"没看什么。"我一边回答,一边在遥控器上一阵乱按。

全搞砸了。我没能关上电视,反而把图像搞定格了,而且是阿丽的抹好了防晒油的胸脯的特写。

"你在看这个?"

"才不是!电视机自己就开了,就是这个。"

"太婆,你不用不好意思……真人秀我也挺爱看的。"

"别再说了。要不我可告诉你爸爸你抽烟啊。"

她笑得更厉害了。

"我喜欢你这个样子,太婆!干脆咱们一起看吧!是要看这一集吗?我希望戴龙和阿丽能和好,他俩我都喜欢。"

她在我身边坐下,一手伸进薯片袋子里,一手又按开了节目。我很严肃地看着她:

"你得保证,不告诉任何人。"

"太婆,放心吧。我发誓。"

第四十九章

餐馆儿的招牌换了，员工也换了。但风景还是一样美。这是我们在布列塔尼的最后一晚，我们坚持要过二人世界。

一切都如田园诗般美好，只是我们的服务员太煞风景。

"先生，我这儿还有其他客人呢。"见安东迟迟不能决定吃什么，她不耐烦地叹气。

"这个柠檬腌盘是什么？"他不理会她的提醒，问道。

她翻了个白眼，说道：

"是鱼。"

"那这个艾斯普玛又是……？"

"是一种慕斯。"

"还有这个鲷呢？"

"您这不明知故问吗？"

"有一点儿。"他认真地说。

我笑了。她的眼神恨不得要枪毙了我。

我拿起我的包，伸手进去翻出一个白色的小纸袋，递给服

第四十九章

务员：

"小姐，您吃点儿这个，可以缓解便秘。"

这下可把她气得不轻，直接一扭头走了。我才懒得管她呢。我的安东又笑哭了。

"咱们走吧。"等呼吸顺畅了，他提议。

"可我们还没吃东西呢。"

"要是现如今这地方的饭菜和服务态度成正比的话……你饿吗？"

"倒也不太饿。"

"那就走吧。咱们还得去跟悬崖告别呢。"

我们花了不少时间才到那儿。我自己就走得很慢，安东的轮椅又不轻。

"我常常回想起我第一次见你的情景。"安东突然跟我说，"谁会想得到，那次见面，让我们一起走到了这里？"

"反正我是没想到！"我笑着回答。

可他好像没心思打趣，他有话要说。

"最近我做了个总结，"他接着说，"和你一起生活一辈子，我没有一点儿遗憾。假如需要重新来过，我不会寻求任何改变。"

"连我那些发牢骚抱怨的日子，也不遗憾？"

"没有任何遗憾。能这么说的人应该不多。"

"可你本来想到处旅行，想要四个孩子。你没有过上你梦想的生活。"

"我过上的生活比梦想的还要美好。"

我没有回答。我如痴地品味着。曾经多少次，在心里我以为他跟我过得不是最幸福的。

我们在悬崖上。一轮满月挂在天上。

"你听见了吗？"我问安东。

"什么？"

"嘘，别出声儿！你没听出来？是我们的曲子：《爱的悔意》。"

他笑了，开始哼起来。我拉起他的手，在星光下，围着他轻轻地转起圈儿来。我们闭上眼睛，随着心中的旋律起舞。我穿着那条红舞裙，他穿着那一身黑套装，观众在为我们鼓掌。大家都来了，年轻的葛琳带着小葛、罗丽、老马和布岚，老顾和苏珊，乔菲和贾橦，还有我姐姐露丝，这些我们生活里最重要的人都在这儿，看我们跳最后一支舞。

第五十章

快到傍晚时,小葛把我们送到了家。他没作停留,开回他自己家还得不少时间。他跟我们约好,下周过来帮我们搬家去葛琳那儿,然后拥抱了我们,就离开了。

古里巷似乎睡着了,老顾去了比亚里茨,罗丽飞去了纽约,乔菲搬去和杨克住了,老马去了他一个女儿家。我们是最后一家还没搬走的。

我把箱子里的衣物拿出来,打开洗衣机。然后冲了个澡,换上我的双面绒晨衣。把安东安顿在电视机前,他看着新闻,我去做晚饭。

我们吃了一盘虾仁儿牛油果,一个奶油西红柿肉丁馅儿饼。安东还想吃个苹果,我给他削了一个。

我们一起看着电视里的一个意大利喜剧片。安东打起盹儿来了。

晚上不到十一点,我们就上床了。他躺在右边,我在左边。他穿着他的蓝色睡衣,我穿着白色睡裙,能看得见我胸前的刺青。

他吻了我,我关了灯。我们把药片儿吃了,我把被子给我们俩拉好,然后紧贴着抱着他。

"晚安,亲爱的。"

"晚安,亲爱的。"

第五十一章

葛琳，我们的宝贝：

不要难过了，把眼泪擦干吧。相拥而眠，这是我们能为自己写出的最圆满的结局了。你也知道，我们已经走到路的尽头。等待我们的，一边是失忆，一边是瘫痪，我们决定选择自由。

我们度过了美好的一生，其中你占了相当的比例。感谢你，从那个充满想象与活力的小姑娘，长成了一个正直诚信的大人。我们很幸运能做你的父母。不要觉得有任何遗憾，亲爱的孩子，即使你不在身边，我们也能感到你的爱。我们最美好的回忆里，你无处不在。

看到你在新家过得幸福，小詹在厨房忙碌，小葛的家就在不远处，我们便可安心地离开了。

我们一定会以某种形式，再相见。在那之前，要好好地生活。

我们爱你,胜过一切。

爸爸,妈妈

妈妈又附:

  在蓝房间的书桌抽屉里,有一本笔记。那是我为你记的,你会更了解成为你的父母的我们。我在里面零星地也插入了这些年来存下的已经发黄的旧纸片儿。万一有一天你想看的话……

第五十二章

小葛，我们的小孙孙：

　　在我们的天空一片灰暗的时候，你来了，像一道阳光，照亮了所有。

　　你不止一次地这样照亮我们的生活。第一次，是在医院的妇产室，你只有一天大。第二次，是在那片绿地上，你三十六岁。

　　你体贴、耐心、风趣、对跳棋的忘我（现在我可以告诉你，外婆是在滥用规则欺负你），最让我们想念。生活中能有你，我们是幸福的。看到你的小家庭幸福美满，我们也是幸福的。

　　替我们亲亲马萝、迪沃和莉亚。一家人幸福地生活。

　　我们非常爱你，小孙孙。

外公，外婆

第五十三章

葛琳关上古里巷1号的大门。房子搬空了,只留下那个黑底红花的八音盒,放在起居室中间的地上。

她回头最后看一眼院子,玫瑰还在开着。

院门在她身后关上。小葛在绿地上等她。

"感觉怎么样,妈妈?"

"还可以。你呢?"

他点点头。

母子二人来到三棵云杉松旁。葛琳打开包,拿出罐子。天很快就黑了,凉意渐浓。

她拔出塞子,一边抖动着罐子,一边围着松树跑起来。几秒钟后,罐子空了。小葛静静地看着,双眼微红,嘴上却挂着微笑。葛琳站到他身边。

只有他们知道,要是说出去,别人也不会相信的,但是,今晚,在这片绿地上,他们确实看见那尘灰在跳舞。

第五十三章

1954

我刚参加完我姐姐露丝的婚礼回来,连鞋都没脱,就迫不及待地要把我的感受记录下来。

婚礼太美了,无法用言语表述。我从未见过像我姐姐露丝和她新婚的丈夫眼里流出的那么多的爱。这原本也不是什么奇怪的事,刘纳德从幼儿园开始就迷上露丝了。青梅竹马,命中注定,完全就是每个人小时候都看、都希望有一天能发生在自己身上的那种爱情故事。

爸爸本来不让我去参加婚礼。他自己就没去,觉得刘纳德配不上他女儿,他希望女儿嫁给来提过亲的马大夫的儿子。直到婚礼当天,我们都希望爸爸能回心转意,去见证婚礼。最后,连妈妈也没有去。我离开家的时候,妈妈哭了。我是无论如何也不会错过这个喜事的。露丝和刘纳德下星期就要搬去北方生活了,因为刘纳德在那儿找到了工作。唯一爱我的人就要离开,而且要去那么远的地方。但是我不允许自己难过。这是件多么幸福的事啊。我们会经常通信的。

来宾不算多,总共也就二十来人。大家围着一张大圆桌吃了晚餐,珍珠鸡、蚕豆,都非常美味。我被安排坐在新郎的一位表亲旁边,他一晚上不是在自吹自擂,就是在纠正我的用餐礼仪：我一会儿拿错刀子了，一会儿把餐巾放错地方了，一会儿又用错杯子了。我真是气恼自己，嘴上怼人的功夫比脑子里怎么差了那么多！对他的每一个建议我嘴上竟然都说着谢谢。

乐队开始奏乐了，他请我跳舞。我借口有点儿头疼，没有答应。其实是我根本不喜欢跳舞。在房间里我也试着跳过，可总觉得腿不听大脑的指挥，而是自有主意。表亲觉得很没面子，再也没有和我讲过一句话。

露丝过来坐在我身旁，搂住我的脖子：

"妹妹，我太幸福了！我由衷地祝福你，希望你有一天也遇见这样强烈的爱情。"

我摸了摸她的耳坠子，笑着说：

"你知道，恐怕爱这东西跟我没缘分。"

她没来得及回答我，她丈夫跳着华尔兹过来，拉起她旋转着又飞走了。

我又坐了一会儿，就起身回家了。外面下起雨来，好在离家很近。我把手提包挡在头上便冲进了雨中。一个年轻人打着一把伞跑过来追上了我。

"我送您回吧。"

"谢谢。不用麻烦了，我住得很近。"

"您会受凉的。我有伞，帮您挡挡雨。"

我不太情愿，但还是同意了。我担心他会像晚饭时坐我旁边的小伙子一样喋喋不休。但一路上他没有再说过一

第五十三章

句话。到了我家门口,他说:

"整个晚上我都没敢上前和您说话,要是这会儿还不开口,我会后悔一辈子的。我们能再见面吗?"

他大高个儿,棕色头发,一表人才。明天,安东要约我去公园散步。

续 篇

二十年后

　　上课的铃声响起，妈妈又晚了。她拉着我的手朝学校跑，知道自己又要被校长叫去批评了。她在我脸上亲了一下，把我推进学校大门。莫校长站在校门旁，无奈地摇摇头：

　　"赶紧地，乔菲！快进教室去！"

　　我进了学校，穿过天井。莫校长说得容易：赶紧地，快进教室。可如果不让我们停下来欣赏，就不应该在墙上画那么多画儿啊！我一边慢慢地走着，一边看着这些龙啊、美人鱼啊、神奇的大树啊、蓝色的兔子啊，简直是颜色大爆炸。反正我也不着急进教室。昨天，苏珊和罗丽又吵架了，又逼着要我选边站。

　　同学们都已经坐好了。老师批评我来晚了，可她轻声细语，温柔得像是在说我的好话。我在自己的位子上坐好，脱掉外套。今天要拍全班集体照，我特意穿了我最喜欢的紫红色毛衣。罗丽对我笑笑，苏珊也跟我打招呼。我打开绿色的小笔记本。

续 篇

我上一年级了,可还是更喜欢以前上幼儿园的时候。那时候,我们是可以玩儿的。现在,每天除了学习就是学习。妈妈说,这才刚开始呢。我真希望她是随便说说吓唬我而已。

课间休息的时间到了。学校的院子很大,但我和朋友们老爱到一个地方玩儿。我们在那三棵大松树下发现了一个秘密通道。要是我们能爬到树的最上面,肯定就能到另一个世界,就像《杰克和魔豆》的故事里那样。

我们还没有真的爬上去过。这下面已经很好了,至少男孩子们找不到我们就没法来捣乱。他们真的很讨厌,特别是马林。我想不出为什么,其实他妈妈特别好,还会做好吃的巧克力蛋糕。

老师拍手叫我们了,让大家都去院子的一头集合,摄影师在等着我们。长凳后面的树上已经开了几朵粉色的花,特别好看。冬天马上就要过去了。我个儿高,被安排在最后一排站着,旁边是贾樘和小马。他俩永远都在斗嘴。布岚过来,站到他俩中间,把他们劝开。布岚人很好,就是有点儿喜欢卖乖。她穿的圆头平底鞋还带着亮片。

摄影师不太高兴了,都怪马林一直在做鬼脸。摄影师叫他好好拍照,要不然的话,他爸爸妈妈只能拿到一张儿子伸舌头的照片。这让小顾笑了起来。小顾总是觉得马林闹的笑话好笑。

露丝说想去卫生间;刘纳德在哭,说安东偷了自己的帽子,安东说他撒谎。可我信刘纳德,他太帅了。

集体照拍完了,我们又拍了每个人单独的。然后就该吃饭了。安东坐在我旁边,他想跟我换我的草莓酸奶吃,说不喜欢杏子味儿的。

下午,我们做了一会儿算数题。然后就开始做在节日里要送给奶奶和外婆的礼物。然后我的外公来接我,他带来了我最爱吃的果酱炸糕。

"乖孙女儿,今天过得开心吗?"

"开心,外公。"

"那你们都干了些什么开心的事啊?"

"我也不太清楚。"

我从后视镜里看见他在笑。

"外公,你小时候也上学吗?"

"当然啦!不过不是你这个学校。那会儿这儿还没修好呢。"

"那我以后也会老?像你一样?"

他又笑了。

"是的,乖孙孙。以后你也会老,你也会有乖孙孙,要问你好多问题。"

"可是外公,我不想变老!"

他叹了口气:

"没办法,乖孙孙。生命就是这样周而复始,永不停息。"

全书完